united p.c.

Alle Rechte der Verbreitung, auch durch Film, Funk und Fernsehen, fotomechanische Wiedergabe, Tonträger, elektronische Datenträger und auszugsweisen Nachdruck, sind vorbehalten.

Für den Inhalt und die Korrektur zeichnet der Autor verantwortlich.

© 2013 united p.c. Verlag

Gedruckt in der Europäischen Union auf umweltfreundlichem, chlor- und säurefrei gebleichtem Papier.

**www.united-pc.eu**

Marion Fricke

# Roter Mond über Marrakesch

Mein Leben auf den Kopf gestellt

*Das Leben besteht aus zwei Teilen:
die Vergangenheit – ein Traum
die Zukunft – ein Wunsch*

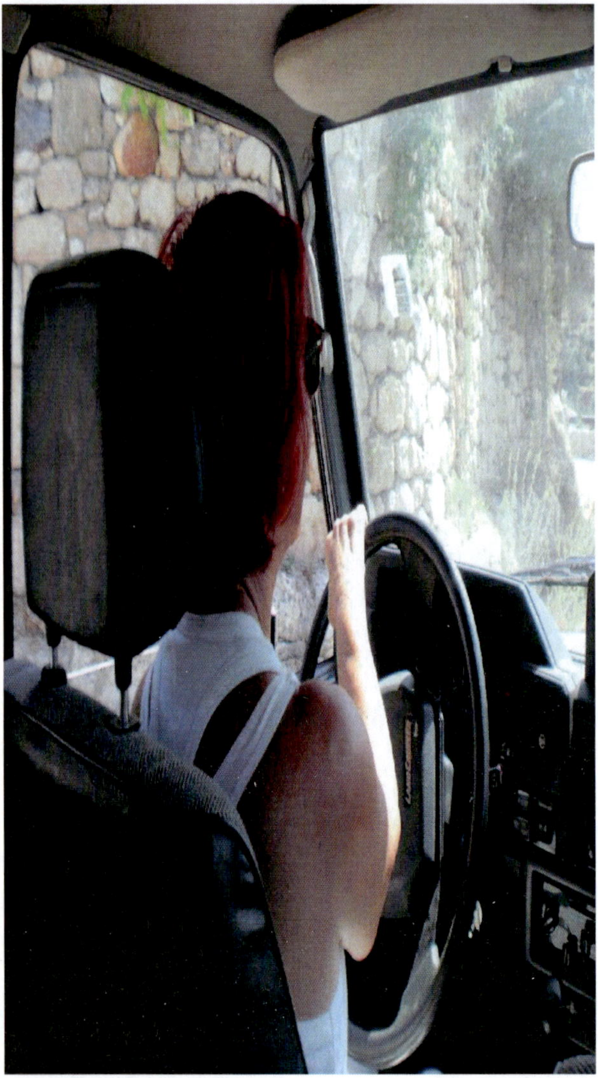

# Patience, Patience - Geduld, Geduld

Die ist mir nun gänzlich ab handen gekommen, nachdem das Schiff um elf Uhr ablegen sollte, es mittlerweile siebzehn Uhr ist. Nach einer langen Nachtfahrt von München durch die Schweiz, gut in Genua angekommen, freue ich mich sehr auf das Schiff und die Überfahrt nach Tanger. Allerdings erfolgt sofort die Ernüchterung, als ich das Schiff sehe und meinen Augen kaum traue. Es ist doch tatsächlich eine ehemalige griechische Fähre. Ihr Name „Fedra" ist gut zu entziffern, obwohl übermalt. Mich trifft der Schlag. Die Fähre wurde bereits vor einigen Jahren von den Griechen ausrangiert!

Da hätte ich direkt mein Haus in Griechenland ansteuern können um etwas Neues zu beginnen. Die Fähre ist schon da! In Sekundenschnelle spult sich ein Film in meinem Gehirn ab. Zurück? Wohin? Die Wohnung in Deutschland ist aufgelöst. Familie, Freunde und Kollegen feierlich verabschiedet. Allen Warnungen zum Trotz habe ich mich in Zeiten massiver Konflikte zwischen der islamischen und der westlichen Welt - wie z. B. der Karikaturenstreit, der Wiederaufnahme der nuklearen Forschung zur Urananreicherung im Iran, der Krieg im Libanon – aufgemacht.

Packte meinen Landcruiser voll mit den wichtigsten Habseligkeiten, ordnete meine Zertifikate über die Ausbildung in Aroma-Therapie und Fußreflexzonenmassage sorgfältig ein, mein bescheidenes Startkapital ist sicher verstaut.

Bleibt nur die Flucht nach vorn.

**Courage, Courage   Mut, Mut**

Nach diesem Moment des Schreckens denke ich, schlimmer kann es wohl nicht kommen.

Irrtum - es kam.

Die Kabinentür lässt sich nur schwer öffnen da sich der fleckige Teppichboden darunter verklemmte.

Die Vorhänge, immerhin sie sind vorhanden,

hängen nur teilweise an der dafür vorgesehenen Vorrichtung. Die Koje, ausgestattet mit einer Decke die aussieht als hätte sie irgendeinen Krieg überstanden, ein Kissen in ähnlichem Zustand sowie ein Laken, etwas durchlöchert und stark nach Chlor „duftend". Nichts wie weg! Aussichtslos! Mein Landcruiser, eingekeilt zwischen vielen verschiedenen Fahrzeugen, voll beladen mit kunstvoll auf den Dächern gestapelten Haushaltsgegenständen. Vor Tanger bekomme ich ihn nicht mehr hinaus. Falls wir es lebend erreichen.

**Patience et Courage**

Essen und Trinken hält Leib und Seele zusammen! Wo sich wohl der Speisesaal befindet? Die Gänge zwischen den Kabinen sind trist. An der Rezeption vorbei, weiter vorn, entdecke ich eine Reihe Wartender. Wie wunderbar, ein 1. Klasse Restaurant, weiße Tischdecken, Blumendekoration an jedem Platz. Besonders höfliche und freundliche Kellner. Ich freue mich auf ein kultiviertes Abendessen. Jedoch: desolé Madame nous sommes complets" - kein freies Plätzchen mehr. Ab in die 2. Klasse. Hier ist das Ambiente schon weniger gastlich. Jetzt wieder anstellen, schon mal ein einigermaßen passables Tablett finden und natürlich

**Patience, Patience**

Besteck? Auf Nachfrage bekomme ich einen Suppenlöffel. Hat schon mal jemand Pommes mit einem Suppenlöffel gegessen? Ich versuche es gar nicht, sondern esse - wie in Marokko üblich - mit den Fingern. Hähnchen und Pommes ist relativ einfach, allerdings bei Couscous mit weich gekochtem Gemüse komme ich doch wieder auf den Löffel zurück. Marokkaner formen kleine Bällchen mit den Fingern, nehmen gleichzeitig Fleisch mit auf und werfen es geschickt in den Mund. Nach dem guten Mittagessen werde ich mal eine Runde an Deck gehen, etwas frische Luft ist jetzt gerade recht. „Hallo sind hier noch zwei Plätze frei?" „Ja bitte." „Wir hatten den Eindruck wir seien die einzigen Europäer hier auf diesem Wrack das sich Schiff nennt." „Ich wähnte mich auch allein unter Marokkanern - auf diese Verstärkung müssen wir anstoßen. Schauen wir mal was die Bar zu bieten hat." Tatsächlich - wer hätte das gedacht - es gibt Casablanca und Flag. Zwei Biersorten die in Marokko gebraut werden.

„Ich habe mich noch gar nicht vorgestellt, Marion aus München, woher kommt ihr?" „Aus Augsburg, Stefani und das ist Marcel, mein Schwiegersohn." „ Angenehm, was führt euch nach Marokko?" „Mein Freund lebt in Agadir wir haben dort ein Apartment. Diesmal bringen wir einen Mercedes nach Marokko um ihn in Agadir zu verkaufen.

Marcel mein Schwiegersohn begleitet mich, denn die Fahrt von Augsburg bis Genua wollte ich nicht allein machen. Wo fährst du hin?"

„Ich reise nach Marrakesch."

„Besuchst du einen Freund dort?"

„Freunde - Rafik, Youssef, Bouchra und ihre Schwester Naima – alles Bekanntschaften aus meinen bisherigen Aufenthalten in Marokko."

„Wovon wirst du leben?" „Ich werde Aroma-Therapie und Fußreflexzonenmassage anbieten!" „Aroma-Therapie?" „Ich bin Heilpraktikerin und habe eine spezielle Aroma-Therapie in Verbindung mit Fußreflexzonenmassage entwickelt. Zunächst werde ich in einem kleinen Riad, einem typisch marokkanischen Wohnhaus mit offenem Innenhof, das dem Onkel eines Freundes gehört, wohnen und arbeiten. Ehrlich gesagt, die allgemein miese Stimmung in Deutschland ist mir aufs Gemüt geschlagen. Schröder oder Merkel reißen mich nicht gerade vom Hocker. Aller Ortens höre ich nur von Entlassungen bei steigenden Profiten, von riesigen Managergehältern und enormen Abfindungen sogar bei Missmanagement, von Korruptionsskandalen, von Kürzungen der sozialen Leistungen, der Gefahr der Vogelgrippe von den Folgen des strengen Winters.

In Marokko ist es zumindest warm, die Menschen sind freundlich und der junge König Mohammed VI mit seiner sehr westlichen Einstellung versucht Reformen und Demokratie zu fördern. Er entließ

Mitarbeiter der früheren Regierung, die für Unterdrückung und Vetternwirtschaft bekannt waren. Um sein Volk kennen zu lernen verkleidet er sich ab und zu als Taxifahrer. Herrn Schröder als Taxifahrer könnte ich mir nicht gut vorstellen – Frau Merkel - warum nicht? Ein „König zum Anfassen", wie er genannt wird, erscheint mir äußerst reizvoll. Also auf nach Marokko!"

**Courage, Courage**

Zollkontrolle! Lautes Klopfen an meiner Kabinentür. Ich schrecke aus meinem Schlaf hoch - habe wohl von Zollkontrolle geträumt. Erleichterung meinerseits Stefani und Marcel die fragen: „Kommst du mit zum Essen?" „ Ist es schon so spät?" „Kurz vor zwölf!"
„Ich komme, nach einer erfrischenden Dusche, Zähneputzen und Ankleiden."
Wir treffen uns in der Kantine. Das Essen ist gut, frisches Obst und Gemüse. Meine anfänglichen Bedenken weichen dem zaghaften Optimismus, die

drei tätige Überfahrt von Genua nach Tanger doch gut zu überstehen, wenn auch mit erheblicher Verspätung. Sechster September 2006 Abfahrt Genua elf Uhr Vormittag, tatsächliche Abfahrt siebzehn Uhr am Nachmittag. Ankunft in Tanger am achten September 2006 gegen zweiundzwanzig Uhr. Abfahrt und Ankunftszeiten waren zwar angegeben, wurden aber nicht weiter beachtet. Egal, wir schippern gemächlich an der spanischen Küste entlang und freuen uns über das milde und immer wärmer werdende Klima. Endlich, die marokkanische Küste taucht weit vor uns auf – Rotes Land Afrika!

Sonne, Wüste, 1001 Nacht-Geschichten.

**Patience, Patience**

Nachdem das Schiff im Hafen liegt, warten die Reisenden bereits im Laderaum neben ihren Fahrzeugen, lautlos vor sich hin transpirierend.

„Marion schau das Tor öffnet sich ein wenig!"

Stefani eilt an den Frischluftspalt, Marcel ebenso. Der Orient schlägt uns entgegen: warme würzige

Luft, Menschen stehen dicht gedrängt an der Mole, Autos hupen lautstark. Sie wollen auf das Schiff – wir müssen allerdings erst einmal hinunter. Das Tor öffnet sich nun soweit, dass wir die Menschenmenge am Kai deutlich vor uns haben. Stefani entdeckt ihren Freund, der aus Agadir angereist ist um sie abzuholen.

Hey, jetzt erkenne ich meinen lieben Freund Youssef der aus Marrakesch kommt. Ich freue mich ein vertrautes Gesicht in der Menge zu entdecken.

„Stefanie, schau der lange Dünne mit dem weißen Hemd und der dunkelblauen Hose, das ist Youssef!" „Er sieht sehr nett aus! Dort hinten der mit den glatten kurzen Haaren in Jeans und dem weißen T-Shirt, das ist mein Freund Mijd." „Er macht einen sehr sympathischen Eindruck." Stefani fuchtelt mit den Armen und deutet abwechselnd auf Youssef und Mijd. Sie schauen sich an und stellen sich nun zusammen an den Kai.

Ich will so rasch wie möglich runter von diesem Seelenverkäufer!

**Patience, Patience**

Endlich ist es soweit: Ca. eine Stunde nach Anlegen des Schiffes rolle ich langsam die Gangway hinunter auf den Kai und – Stopp!
Ein freundlicher Zollbeamter verlangt meinen Pass. Kein Problem „Voilá, Monsieur."
Ein kurzer Blick hinein und fort ist er – „O Gott" hoffentlich kommt er wieder. Endlose zwanzig Minuten später überreicht er mir freundlich meine Papiere – große Erleichterung meinerseits - der Einreisestempel fehlte. Die Formalitäten werden auf dem Schiff erledigt. Deshalb die lange Warteschlange an der Rezeption! Jetzt weiter zur überdachten Zollstelle. Hier kommt mir Youssef entgegen, wir umarmen uns freudig,
„Comment ca va Marion ma Belle?" „Ca va bien est toi?" „Bien, bienvenue a Maroc." „Merci"
Youssef klemmt sich auf den Beifahrersitz, weiter geht es zur Zollkontrolle.

**Courage, Courage**

Gedanklich gehe ich mein Gepäck durch. Eine Waschmaschine, PC, Bücher, Bettgestell, einen Tisch und Regale. Kann doch nicht so problematisch sein – die paar Sachen.

Langsam fahren Stefani, Mijd und Marcel an uns vorbei.„Wir warten vor dem Tor auf euch. Hoffentlich geht es zügig voran!" „Youssef was meinst du, möglicherweise wäre der Kontrolleur über eine kleine Gehaltsaufbesserung erfreut?" Ein Versuch ist es wert." Youssef verschwindet in der Menge, taucht zehn Minuten später wieder auf. Alles klar, 20 Euro -200 Dirham würden die Zollformalitäten beschleunigen. Sehr diskret schiebe ich 20 Euro zwischen meine Autopapiere. Ein Kontrolleur nimmt die Dokumente, lässt mich die hintere Wagentür öffnen und schaut kurz hinein. „Bien, bonne route Madame." „Merci Monsieur." Ruhig nehme ich meine Papiere und fahre los.

20 Euro haben soeben ihren Besitzer gewechselt.

Wie verabredet warten Stefani, Mijd und Marcel vor dem Tor. Wir begrüßen uns zunächst einmal

herzlich und machen uns miteinander bekannt. Youssef und ich fahren nach Marrakesch, die anderen nach Casablanca d. h. wir fahren durch Tanger nach Rabat bis Casa gemeinsam im Konvoi. Zunächst einmal raus aus Tanger und rasch noch tanken. Youssef und ich fahren vorweg die anderen hinterher. Zunächst mal zur Tankstelle. Während Youssef tankt, gehe ich an einem Geldautomaten bei „Marjane" etwas Geld holen. Weiter geht die Fahrt. Hell leuchten die Sterne, warme Nachtluft begleitet uns, es ist traumhaft!
Wir kommen gut voran möchten gern etwas Essen. Youssef erinnert sich an ein nettes Lokal kurz vor Rabat, direkt an der Straße. Gut, wir machen eine Rast. Rechts an der Straße befinden sich mehrere Stände mit Fleisch. Gegenüber auf der anderen Straßenseite sehe ich ein kleines Restaurant. Wir kaufen Fleisch und lassen es im Lokal braten - dazu eine große Platte mit Gemüse und Salat.
«La vie est belle!» „Das Leben ist schön!"
Das Abendessen gleicht einer spontanen Party. Wir sind etwas überdreht; die Anspannungen der

vorherigen Tage lassen nach und weichen einer euphorischen Stimmung. Das Land unserer Träume „Marokko" wir haben es erreicht!

Lachend und scherzend setzten wir unsere Fahrt in Richtung Casablanca fort. Nach gut dreißig Kilometern wird der Jeep immer langsamer bis nichts mehr geht. Was ist los? Ich schaue auf die Benzintankanzeige, leer! Unglaublich aber leider wahr! „Youssef, hattest du nicht gerade getankt?" Youssef schaut schuldbewusst.

Er wollte sparsam tanken. Was machen wir jetzt mitten auf der Autobahn, völlige Dunkelheit, der nächste Ort ca. fünf km entfernt? Stefani, Mijd und Marcel erklären sich bereit zur nächsten Ortschaft zu fahren um einen fünf Liter Kanister Diesel zu holen. „Sehr freundlich." „Kein Problem, bis gleich." Während wir mit dem voll beladenen Wagen, rechts seitlich der Autobahn stehen, versuche ich in der Dunkelheit etwas zu erkennen. Flaches Land, einige Büsche wo sich Fuchs und Hase gute Nacht sagen. Warme, milde Nachtluft. Ich möchte aussteigen und mich ein wenig

umsehen. Youssef verriegelt rasch Türen und Fenster denn er hatte von Überfällen in dieser Gegend gehört. „Ist das nicht ein wenig übertrieben?" „Nein, wir müssen sehr vorsichtig sein." Ich denke er übertreibt wohl ein wenig, was wollen die mit meinem Bett, die Waschmaschine könnte interessant sein. Sie ist allerdings so weit unten verpackt kaum zu sehen. Während wir resümieren erscheint plötzlich ein Fahrzeug auf der Gegenfahrbahn. Mir wird ein wenig mulmig zumute. „Erkennst du etwas Youssef?"
„Oui, es könnte ein Sicherheitsdienst sein."
„Ein Sicherheitsdienst?" „Es gibt Fahrzeuge die nachts die Strecke abfahren!" Ich bin platt. „Wieso das denn?" „Na wegen der Überfälle!" „Ist es so schlimm?" „Vor zwei Tagen sind hier Touristen überfallen und ermordet worden!"
Jetzt reicht es mir - hoffentlich kommt Stefani bald mit dem Sprit. Endlich sehe ich Lichter! Was ist das? Ein Fahrzeug kommt auf unserer Seite rückwärts angefahren!

Mon Dieu mir wird ein wenig schwindelig. Dunkle Nacht breitet ihre Schatten über uns aus.

**Courage, Courage**

Jetzt erkenne ich den roten Mercedes - Stefani! „Wieso kommt ihr rückwärts auf dem Seitenstreifen daher?" „Wir wollten so schnell wie möglich zurück sein. Es ist zum Glück wenig Verkehr, so konnten wir die fünf Kilometer rückwärts hierher fahren. Marokko – aufregend, abenteuerlich und wunderbar! Himmel und Hölle zugleich. Rasch füllt Marcel fünf Liter Diesel ein, jetzt nichts wie weg aus dieser einsamen Gegend. Bald danach verlassen uns unsere Freunde sie fahren in Richtung Casablanca weiter. Wir werden uns in einigen Tagen in Marrakesch treffen. „Gute Fahrt und vielen Dank für die Hilfe! Macht es gut bis übermorgen in Marrakesch." „Youssef wir müssen unbedingt noch mal tanken, bei der nächsten Ortschaft bitte abfahren." «Oui D'accord»

„Frühmorgens um vier Uhr wo finden wir um diese Zeit eine geöffnete Tankstelle?"
„Dort wo Stefani die 5 Liter für uns abfüllte. Allerdings sind wir gerade vorbei gefahren!"
„Soll das ein ein Witz sein?" „Nein."
„Dann die nächste Ausfahrt bitte!" „D'accord!"
Endlich finden wir ein kleines, noch im Tiefschlaf liegendes Dorf, hier soll eine Tankstelle sein? Wir kurven ein wenig herum. „O sieh dort!"
„Tatsächlich - sieht aus wie eine Tankstelle!"
„Wie spät ist es?" „Gerade fünf Uhr."
„Möglicherweise sind einige Frühaufsteher munter um zu beten." „Youssef schau mal ob jemand dort ist!" „Oui ich schau nach."
Endlose zehn Minuten später kommt Youssef mit dem noch völlig verschlafenen Tankwart zurück. „Bitte voll tanken!" Danach rasch wieder auf die Autobahn. In drei Stunden könnten wir in Marrakesch sein. Ich kann es kaum erwarten! Ein herrlicher Morgen. Die langsam aufgehende Sonne färbt die Umgebung in mildes rosarotes Licht. Olivenbäume links und rechts neben der Straße, aus

der Ferne majestätisch grüßend das Atlasgebirge, archaisch schön. Gemächlich geht es dahin, die Temperaturen steigen ständig, allmählich werde ich müde. „Youssef gehen wir einen Kaffee trinken!" „Warte noch einige Kilometer, kurz vor Marrakesch kenne ich ein kleines Lokal in dem wir frühstücken können." „D'accord!"

Marrakesch vor uns in der Morgenröte!

Die Koutoubia am Platze Djemaa el Fna aus weiter Ferne deutlich erkennbar. Überglücklich und sehr müde erreichen wir die Stadt. Durch den morgendlichen Chaos-Verkehr geht es in Richtung Bab Doukkala. Das Auto können wir auf einem bewachten Parkplatz direkt vor der Moschee abstellen. Gegenüber in der kleinen Derbe Zaouia befindet sich der Riad der für die nächste Zeit mein neues Zuhause sein wird. Ich möchte nur noch schlafen! Es ist bereits gegen Mittag die Hitze wird unerträglich. Im Riad erwartet uns Aida seit den frühen Morgenstunden. «Bonjour Aida, comment allez-vous?» «Ca va bien Marion et bienvenue a Maroc!» „Merci Aida ich bin zum Umfallen

müde!" „Nach der langen Nachtfahrt wundert es mich nicht. Ruh dich ruhig aus, dein Bett ist frisch bezogen." Youssef wird ein Caro holen damit wir die Sachen aus dem Auto laden."
„Können wir das nicht später erledigen?"
„Nein, besser gleich es ist zu gefährlich. Das Auto ist voll beladen, es könnte etwas gestohlen werden." „Gestohlen? Der Parkplatz ist doch bewacht!" „Ja, das ist allerdings keine Garantie bei der vollen Ladung!" „O je, ich kann mich kaum auf den Beinen halten." „Welches ist mein Zimmer?" „Das neben der Küche." „ D´accord bis später!" „Schlaf gut!" „ Merci beaucoup Aida!"
Wie still es ist - nur ein sehr entferntes Rauschen des Mittagsverkehrs von weit her. Menschen in Djellabah, Eselskarren, Fahrräder oder fantasievolle Eigenbauten auf unserem Weg. Ein buntes orientalisches Durcheinander, faszinierend und anstrengend zugleich. Ich möchte nur noch schlafen kann mich kaum aufrecht halten.
Danke Youssef, das wir trotz kleiner Widrigkeiten wohlbehalten angekommen sind.

**Courage, Courage**

„Marion, Mariooon!"

Ich schrecke hoch – „Oui was ist denn?"

„Bouchra ist am Telefon!" „Ich komme!"

„Bonjour Bouchra, wie geht es dir, deiner Mutter und deinen Schwestern?"

„Gut, aber wie geht es dir? Hattest du eine gute Reise?" „Ja. Wann sehen wir uns?"

„Wenn du Lust hast komm morgen mit in den Hamam bei uns im Viertel. Naima wird ebenfalls da sein." „Sehr schön ich komme gern!" „Wir treffen uns um zwei Uhr bei mir Zuhause, meine Mutter kocht ein Couscous." „Das freut mich sehr – es ist mein Lieblingsgericht." „Kennst du dich noch aus, findest du unser Haus wieder?"

„Ich denke schon – ich werde mit dem Wagen fahren, außerdem habe ich mein Handy dabei falls ich nicht weiter komme." „Très bien - dann bis morgen." „Bis morgen, ich freue mich sehr euch wieder zu sehen." "Schönen Abend meine Liebe bis

morgen." „Aida?" „Oui Marion!" „Welchen Tag haben wir heute und wie spät ist es?" „Moment – der neunte September 2006, zweiundzwanzig Uhr." „Merci beaucoup." Wo ist Youssef?" „Er schläft." „Gut, ich lege mich auch wieder hin.
„Bonne nuit Aida!" «Merci et bonne nuit Marion!»

**Courage, Courage**

Vogelgezwitscher, leises Rauschen einer Wasserfontäne, Muezzin-Gesänge aus der nahe gelegenen Moschee ungewohnte Geräusche, wo bin ich? Langsam werde ich munter, natürlich ich bin am Ziel meiner Träume. In Marrakesch im Viertel Bab Doukkala nahe des Platzes Djemaa el Fna. Kaffeeduft kitzelt meine Nase. „Merci Aida!"
Ich werde oben auf der Dachterrasse frühstücken."
Von der Terrasse aus bietet sich mir freie Sicht bis zur Moschee la Koutoubia auf dem Djemaa el Fna. Einige begrünte Terrassen mit fantasievoller Bepflanzung, Sonnensegel, Fernsehantennen auch einige völlig kahle Flachdächer. Orient und

Moderne. Die Terrassenmauer ist fast zwei Meter hoch um die Privatsphäre zu schützen. Es ist nicht üblich über die Mauer auf andere Dächer oder Terrassen zu schauen – so indiskret sind meist nur Ausländer. Es gibt einiges zu lernen. Entspannt, zwischen dekorativen Blumenkübeln, genieße ich den warmen Morgen bei einem französischen Frühstück, freue mich sehr auf meine Freundinnen mit dem gemeinsamen Hamam Besuch.

Inmitten wuchernden Blumentöpfen verbringe ich den Vormittag und lasse mich von der Sonne wärmen. Eine kühle Brise vom Atlas beflügelt meine Sinne.

Angekommen:

endlich in Marrakesch, 1001 Nacht Geschichten.

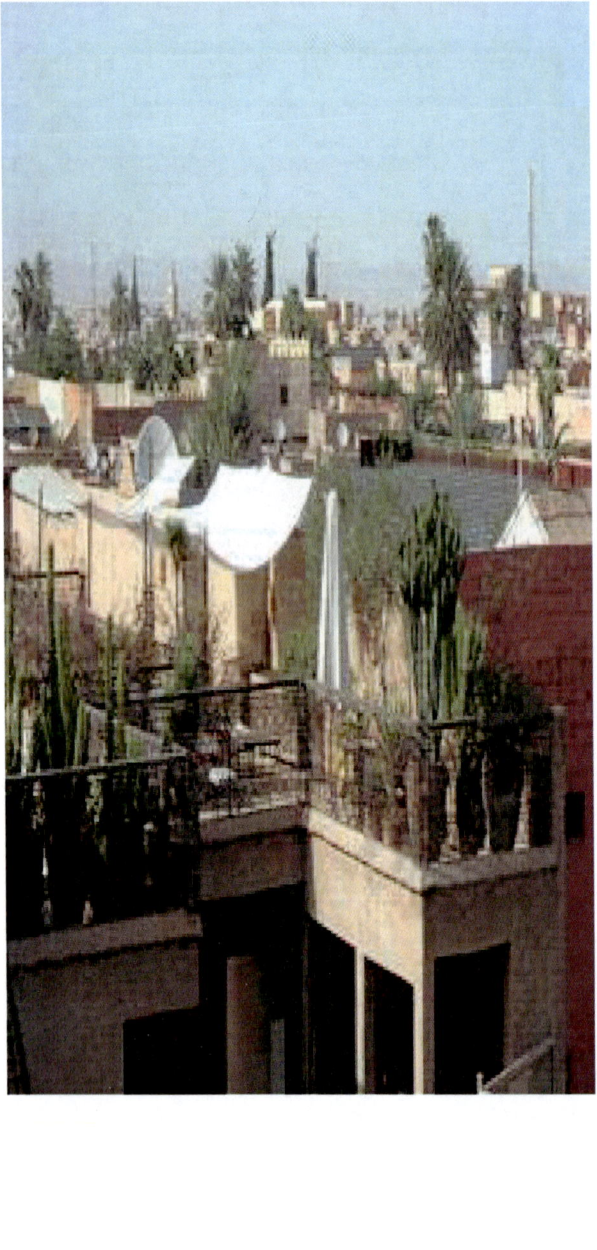

Danach sitze ich ein wenig mit Aida zusammen.

„Wie geht es deinen Kindern?" „Très bien"

„Dein Mann, trinkt er immer noch?"

„Leider und Drogen nimmt er auch."

„Drogen? Was für Drogen?"

„Habli-Babli."„Was ist das?" „Haschisch."

„Er trinkt Bier, raucht Haschisch und lungert den ganzen Tag mit seinen Freunden herum."

„Es ist sicher schwer für dich, dann ernährst du die Familie mit deinem kleinen Einkommen als Hausangestellte?"

„Ja. Jetzt eröffnet mein Schwiegervater eine Bäckerei in unserem Haus, dort wird mein Mann arbeiten.

Ich hoffe er ändert sich."

„Das wäre schön - besonders für die Kinder."

**Patience, Patience**

Später werde ich mit Youssef besprechen wo ich meine Sachen unterbringen kann. Oben auf der

Dachterrasse befindet sich ein Zimmer, er hatte es mir bereits vor einiger Zeit angeboten. Jetzt freue ich mich jedoch auf den gemeinsamen Hamam Besuch mit meinen Freundinnen.

Es ist immer ein besonderes Vergnügen im Dampfbad, in den verschiedenen warmen Gewölben, sich abzuschrubben oder massiert zu werden. Rasch packe ich einige Handtücher und frische Wäsche in eine Sporttasche und mache mich auf den Weg. Ich werde vom Hivernage zum Menara fahren, anschließend am Flughafen vorbei zum M'hamid Viertel. Dort lebt Bouchra mit ihrer Mutter und drei Schwestern in einem Haus. Ihr Bruder Hassan bewohnt ein eigenes Apartment. Der Vater ist mit zwei Frauen verheiratet, mit ihrer Mutter sowie einer anderen Frau, die als „Bellemere" Schwiegermutter bezeichnet wird. Im alltäglichen Leben wohnt ihr Vater bei Bellmere, kommt allerdings jeden zweiten Tag - manchmal auch täglich - zu seiner Familie. Oft übernachtet er dort, ihre Mutter ist zufrieden. Für alle Beteiligten scheint es eine völlig normale Situation zu sein.

Ebenso das die Frau ihrem Mann zur Begrüßung die Hand küsst. Für mich sehr ungewohnt und gewöhnungsbedürftig. Jedoch zusammen mit den Frauen fühle ich mich ausgesprochen wohl.
Es wird viel geschwatzt und gelacht.
Nach einem liebevollen Empfang, sowie einem köstlichen Couscous gehen wir fröhlich plaudernd ins Hamam. Es ist immer wieder ein herrliches Erlebnis – ein orientalisches Dampfbad.
Fast verschlägt es einem den Atem beim Hineinkommen in das letzte und wärmste Gewölbe. Wassereimer werden gefüllt, kleine Plastikhocker verteilt, der Massagehandschuh sowie die schwarze Seife ausgepackt. Das gegenseitige Einseifen und Abspülen sind selbstverständlich und bringen den Kreislauf richtig in Schwung. Mir wird etwas schwindelig. Kein Wunder – die vergangene Woche war schon sehr abenteuerlich und anstrengend. Zwei Stunden später:
„Bouchra ich hole unsere Sachen zum Ankleiden"
„Oui, ich komme mit."

Im Umkleidebereich ruhen einige Frauen. Andere sind damit beschäftigt ihre Kinder und sich anzuziehen. Mädchen gehen mit ihren Müttern ins Hamam ebenso die Buben bis ca. sechs oder sieben Jahren. Wir lassen uns unsere Sachen geben und suchen eine freie Stelle auf einer Bank - nicht einfach - es ist rappelvoll. Nackt nur ein Handtuch als Turban um den Kopf geschlungen, bahne ich mir den Weg. Spüre alle Blicke auf mir - als einzige Ausländerin im dörflichen Hamam. Neben mir eine Frau mit zwei kleinen Kindern. Ich versuche irgendwie meine Sachen daneben zu quetschen, mich abzutrocknen und rasch ein T-Shirt überzuziehen. Während ich mir das T-Shirt über den Kopf streife, bemerke ich ein leichtes Zwicken an meiner rechten Pobacke – drehe mich um und sehe einen kleinen Jungen staunend mein Hinterteil betrachten. Dabei musste er wohl hinein zwicken – durchaus verständlich -. Seine Mutter sieht das allerdings ganz anders und zieht ihn unter wüsten Beschimpfungen fort. Ich bin sehr erleichtert das er nicht versuchte hinein zubeißen – ein kleines arabisches Mäusezahn Tattoo hätte mir gerade noch gefehlt.

Später am Abend, als ich Youssef und Aida von der Begebenheit erzähle, gerät Youssef geradezu ins Schwärmen. Er sei auch immer mit seiner Mutter in den Hamam gegangen, er fand es wundervoll: Frauen Brüste kleine, große sowie verschiedene Hautfarbe in Oliv, braun und hell. Leider wurde diese herrliche Zeit beendet als er acht Jahre alt war. Die Hamam Chefin sprach mit seiner Mutter, dass es jetzt an der Zeit sei in die Männerabteilung zu gehen. Das hat er ihr nie verziehen. Versuche mit seiner Großmutter hineinzukommen schlugen leider fehl.

**Courage, Courage**

Einige Tage später möchte ich gerne meine Sachen ordentlich unterbringen sowie die Waschmaschine anschließen lassen. „Youssef rufst du bitte einen Klempner, der die Waschmaschine anschließt?"
Youssef schaut etwas betreten und meint sein Onkel Ahmed möchte das nicht. Durch das

Geräusch beim Waschen könnten sich die Gäste in seinem Riad gestört fühlen. Jetzt schaue ich etwas überrascht. „Dein Onkel Ahmed? Was hat er denn damit zu tun?" „Ihm gehören 20% Anteile an diesem Riad – er kommt täglich und schaut nach dem Rechten." Ich erinnere mich an unser Gespräch im Februar als Youssef mir erzählte sein in USA lebender Onkel sei Besitzer dieses Riad's. Ihn hatte ich bereits kennen gelernt, er war mit meiner Tätigkeit hier einverstanden. Allerdings Onkel Ahmed wurde damals nicht erwähnt.

„Er ist Lehrer - ein ziemlich frustrierter. Die Mädchen in seiner Klasse werden immer selbstbewusster es gibt hin und wieder schon Prügelszenen bei denen die Mädchen die Jungen schlagen. Seine achtzehn jährige Tochter lässt sich schon lange nichts mehr von ihm sagen und seine Frau geht fremd." Jetzt verstehe ich dass dieser Mensch unbedingt seine Autorität beweisen muss und wenn es hier im Riad ist.

„Was sagt er denn zur Aroma-Therapie?"

Wieder dieser verlegene, schuldbewusste Blick.
„Das wollte ich ihm so langsam, langsam erklären." Zu allem Überfluss erfahre ich dass das Zimmer, das ich zu einem monatlichen Pauschalbetrag bekommen sollte, jetzt täglich 30 Euro kostet. Nach einer sehr unruhigen Nacht, begebe ich mich am nächsten Tag auf Wohnungssuche um zu vermeiden, dass es eventuell zu einer Prügelszene kommt in der eine Frau zwei Männer schlägt!
Das wäre kein schöner Einstieg in meine neue Umgebung.

**Patience et Courage**

Wohnungssuche in Marrakesch! Eine wahre Odyssee!

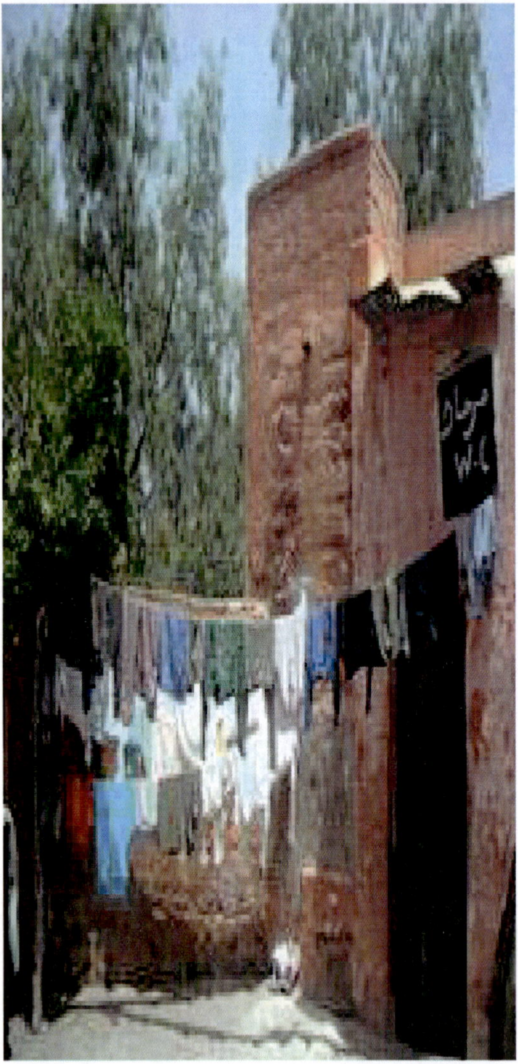
W.C

Ein Abenteuer für sich.

Schlüsselabbildungen auf Reklameschildern hielt ich für Schlüssel Hersteller. Wunderte mich allerdings, dass kein Werkzeug zu sehen ist. Sehr merkwürdig. Einige Zeit später erklärte mir Youssef das seien Immobilienmakler. Das sind Immobilienmakler? Einen vertrauenswürdigen Eindruck machen sie nicht. Auf einer umgekippten Holzkiste in einem kleinen kahlen Verschlag sitzend, an der Wand an rostigen Nägeln einige Schlüssel aufgehängt. Zwei Wochen intensive Suche und immer noch nichts! Nicht einmal ansatzweise das was ich mir vorstelle. Entweder renovierungsbedürftig, zu klein, zu groß oder zu teuer. Vorne neben dem Friseurladen hängt ein kleines Pappschild mit Schlüsseln darauf – sollte ich es doch wagen einen Immobilienmakler zu fragen?

Auf einer umgestülpten Obstkiste in einem Bretterverschlag sitzend, ein freundlicher Herr in proper gelb weißer Djellabah mit passendem Käppchen. Als ich ihn in Französisch anspreche holt er flink seinen Nachbarn, der ihm mein Anliegen in Arabisch übersetzt. Er nimmt ein Schlüsselbund vom Nagel an der Wand und bedeutet mir ihm zu folgen. „Wie zu Fuß?" „Oui, es ist nur ein paar Gassen weiter!" Jetzt bin ich sehr gespannt was er anzubieten hat. Ich fühle mich sehr wohl im Viertel Bab Doukkala. Der königliche Sommerpalast befindet sich gleich um die Ecke und zum Djemaa el Fna sind es nur einige Minuten zu Fuß. Ebenso die Muezzin Gesänge aus der nahe gelegenen Moschee empfinde ich als angenehme Geräuschkulisse. Einige Straßen weiter biegen wir in die Medina ein, enge Gassen, alte Häuser, wild romantisch. Schon stehen wir vor einer blau - weiß bemalten Tür.

Herr Immobilienmakler öffnet „et Voilá"

Große Überraschung meinerseits, genau das was ich suche. Etwas zu groß für mich allein – doch zunächst bin ich sehr erfreut. Ein kleiner Innenhof, zwei Zimmer sowie die Küche, im ersten Stock nochmals zwei Zimmer mit angrenzendem Bad. Die Toilette - O Schreck – ein Loch mit Trittbrett.

Abschließend das Flachdach als Terrasse nutzbar in der Mitte offen. Der etwas verwahrloste Zustand erscheint mir nicht so tragisch, ein neuer Anstrich wird allerdings nötig sein. Vor allem die braunen Türen und Fensterläden sehen scheußlich aus. Glückstrahlend eile ich zurück um Youssef von dem Haus zu berichten. Er kann es nicht fassen – gerade mal einige Gassen weiter, wie schön. „Ich bin sehr froh, dass du in meiner Nähe bleibst Marion." Wieder einmal Überraschung meinerseits.„Wieso?" „Je t'aime – seit deinem Besuch im Februar konnte ich an nichts anderes mehr denken."

„Herrje Youssef, ich bin achtundfünfzig!"

„Na und - du siehst aus wie fünfundvierzig! Ich bin vierzig das passt doch perfekt!"

Ich betrachte ihn sehr intensiv mit seinen 1,80 m, dünn wie eine Bohnenstange, kurz geschorene Haare, große braune Augen die mich liebevoll anschauen. Was habe ich schon zu verlieren!

« Pourquoi pas? » Warum nicht?

Während wir uns Küssen öffnet sich die Haustür der verhasste Onkel steht unverhofft in der Eingangshalle. Wir schrecken auseinander. Rasch verabschiede ich mich.

„Wir sehen uns später, ich habe noch etwas zu erledigen." Eilig verlasse ich den Riad um Rafik einen Besuch in seiner Dattel-, Feigen-, Nuss Bruchbude - genannt „Boutique" am Platz Djemaa el Fna abzustatten. Youssef und Rafik gingen gemeinsam zur Schule und sehen sich auch jetzt fast täglich. Die Gegensätze könnten nicht größer sein. Rafik klein, besonnen, sehr ruhig. Youssef groß, impulsiv, immer der Entertainer. „Bonsoir, Rafik,ca va?" «Oui, ca va bien et toi?» Sehr gut" „Rafik ich fand heute ein Haus in Bab Doukkala, gerade einige Straßen von Youssef's Riad entfernt." „Das freut mich sehr, besonders dass du in der Nähe Youssefs bleibst.

Ihr zwei passt so gut zusammen, ich wollte es dir schon vor einigen Tagen sagen." „Tatsächlich?" Ich bin älter als Youssef." „Das ist völlig unwichtig, ihr habt euch immer viel zu erzählen, soviel Spaß zusammen. Du hast eine sehr positive Ausstrahlung. Youssef war lange Zeit nicht mehr so glücklich wie im Moment." „Mir ist das nicht so aufgefallen, ich war in den vergangenen Wochen sehr mit der Wohnungssuche beschäftigt." „Das ist mit klar, darum sage ich es dir!" „Merci Rafik - sehr liebenswürdig." „Um noch einmal auf das Haus zurück zukommen, für mich allein ist es zu groß." „Für mich ist es leider zu klein, ich lebe mit meinen zwei Schwestern und meinem Schwager zusammen. Ich werde mich einmal umhören, eventuell wäre es etwas für Dominique, sie besitzt einen kleinen Riad hier in der Nähe und sucht für sich ein Zimmer. „Gut, du weißt wo ich zu erreichen bin?" „Oui biensure."

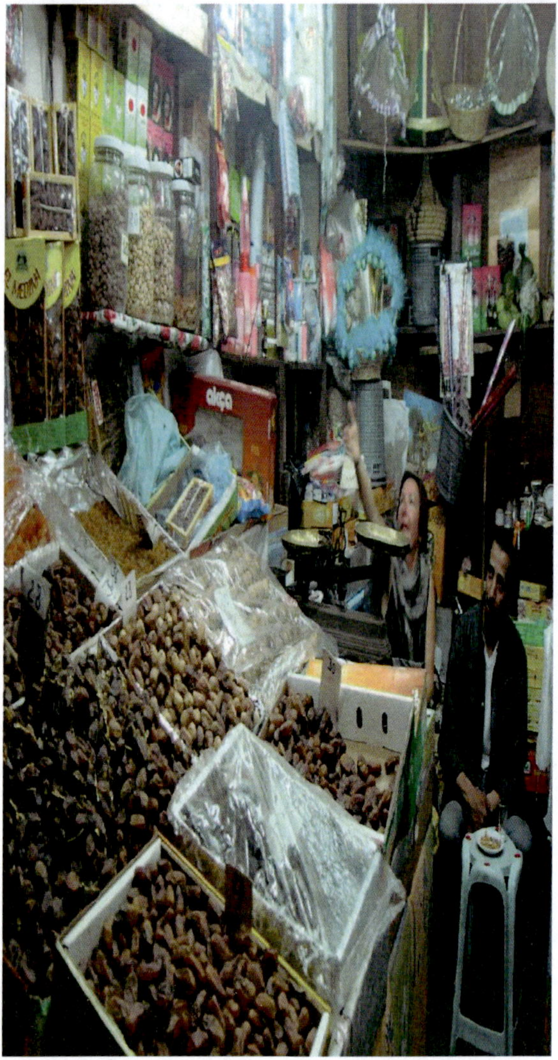

„Marion, ich möchte meine Boutique besser dekorieren, hast du eine Idee? Natürlich darf es nichts kosten!" „Tausch doch die Pappkartons gegen Holzkisten aus. Datteln, Feigen und Nüsse sehen in Holzkisten bestimmt appetitlicher aus." „Die alte Waage?" „Sie ist noch von meinem Vater!" Wunderschön Rafik, stell sie etwas höher, so dass die vorbeigehenden Passanten sie sehen können. Ein herrlicher Blickfang!" Die Körbchen, wofür sind sie gedacht? Es sind Geschenkkörbchen." Wir könnten eines füllen und dekorativ platzieren?" Sehr gute Idee – Merci beaucoup Marion!" Rafik, es war mir ein Vergnügen. Langsam schlendere ich zum Platz Djemaa el Fna der um die Abendzeit immer einem großen Volksfest ähnelt. Wasserträger in bunter Kleidung mit großen Bommelhüten, Schlangenbeschwörer, Musikanten und Garküchen die jeden Abend neu aufgebaut werden. Natürlich auch Märchenerzähler und Artisten.
Die labyrinthischen Souks in denen es würzig, kühl und sehr farbig ist, locken mich heute Abend nicht.

Ich möchte zum Riad zurück in der Hoffnung, den Onkel nicht mehr dort anzutreffen.

Beim Öffnen der Tür lausche ich gespannt - höre gedämpfte Stimmen aus dem Salon.

„Bonsoir Marion." „Bonsoir Youssef."

Youssef nützt die Gelegenheit umarmt und küsst mich, dabei nimmt er meine Hand und zieht mich in den Salon. „Marion darf ich dir Dominique vorstellen? Sie besitzt einen kleinen Riad gleich in der Nähe. Wenn sie ausgebucht ist bringt sie die Gäste zu mir." Eine attraktive, dunkelhaarige Frau um die vierzig, in einem der schmiedeeisernen Sessel sitzend, lächelt mich an. Wir sind uns sofort sympathisch. Im Laufe unserer Unterhaltung erfahre ich, sie ist Französin, besitzt seit zwei Jahren einen kleinen Riad mit drei Zimmern und sucht gerade eine Wohnmöglichkeit für sich, da sie ihren Riad komplett vermietet.

Ich berichte ihr von dem Haus, spontan verabreden wir uns zu einem Besichtigungstermin für den nächsten Tag.

Endlich allein - Youssef umarmt mich – schläfst du heute bei mir? „Oui"
Jedoch zu früh gefreut, erneutes Pochen an der Tür
„Rafik, du? Um diese Zeit?"
„Ich bin gerade auf dem Heimweg!"
Rafik schaut von einem zum anderen erfasst die Situation. „Ich fahre doch direkt nach Haus, a demage!" „A demage!" „Danke Rafik du bist ein echter Freund!" Kurze Zeit später liegen wir uns in den Armen und erkunden zärtlich unsere Körper. Youssef flüstert mir ins Ohr, acht einsame Monate wartete er auf diesen Moment. Wir verbringen eine Lust- und Glück volle Nacht. D´amour fou!

**Courage,   Courage**
Die nächsten Tage vergehen wie im Fluge. Dominique mietet die Hälfte des Hauses,
ihre Freundin Jenny aus Bordeaux möchte ebenfalls ein Zimmer mieten. Das alte Haus in der Medina entwickelt sich zu einem Frauenhaus.

Um Strom- und Wasseranschluss müssen wir uns selbst bemühen, ein Anstrich ist erforderlich, eine Toilette wird dringend benötigt.

Ein Waschbecken ist leider nicht vorhanden. Es gibt sehr viel zu tun. Die nächsten Tage verbringe ich mit Feilschen um jeden Preis. Besonders im Souk ist es immer wieder ein Erlebnis der besonderen Art. Manche verlangen anfangs den doppelten Preis, das ist relativ einfach zu Händeln allerdings etwas zeitaufwendig. Andere wiederum fragen mich was ich bezahlen möchte – es ist etwas schwieriger, weil ich nicht unhöflich erscheinen möchte. Am einfachsten ist es dort wo die Preise schon angeschrieben sind. Das ist jedoch die Ausnahme. Als ich erfahre, dass der Inhaber des Verkaufsstandes aus Frankreich stammt, wundert es mich nicht.

**Patience, Patience**
Besonders mit dem Stromzähler kommen wir irgendwie nicht weiter.

Er ist vorhanden, allerdings müssen die Kabelenden angeschlossen werden. Nachdem zwei Wochen später immer noch nichts geschehen ist, schließe ich die Kabelenden selbst an - et voilá – und siehe da - wir haben Licht. Allerdings ist Vorsicht geboten, denn falls die Herren vom Strom Amt unerwartet erscheinen und den Stromzähler angeschlossen vorfinden, wird es teuer! Um das zu vermeiden ziehe ich jeden Morgen die blanken Kabelenden wieder aus der Verbindung. Gegen Ende des zweiten Monats stehen die Elektriker vor unserem Haus. Zum Glück hingen die Kabelenden locker herum. Dominique und Youssef sind sehr erleichtert. Sie befürchteten mich eines Tages neben dem Zähler vom Schlag getroffen vorzufinden. Heute möchte ich Grünpflanzen für den Innenhof kaufen.

Es schaut ein wenig kahl aus - Türen und Fenster erstrahlen jetzt im schönsten dunkelblau, die Wände leicht beige. Einige Pflanzen würden das Ganze malerisch ergänzen. Bouchra begleitet mich auf der Fahrt Richtung Val L'ourika, vorbei am

Palais Royal in die Rue Sidi Mimoune. Etwas außerhalb Marrakeschs befinden sich einige größere Gärtnereien. Herrlich, wir laufen durch sämtliche Anlagen, überall die schönsten Pflanzen – doch welche nehmen wir? Die großen sind natürlich teurer - also eine große und drei kleine. „Bouchra besser du verhandelst bezüglich des Preises, von mir verlangen sie sowieso das Doppelte!" „Oui, d' accord!"
Nach langem hin und her einigen wir uns auf eine mittelgroße Stechpalme sowie drei kleine Blattpflanzen. Nachdem alles gut im Landcruiser verstaut ist machen wir uns auf die Rückfahrt. Während wir uns darüber amüsieren wie es wohl von außen ausschaut – das Auto – voll beladen mit Grünpflanzen! Plötzlich stopp – ein Polizist taucht auf. Bouchra murmelt nur noch:
„Das wird teuer, das wird teuer" dabei versucht sie sich möglichst unsichtbar zu machen.
Langsam nähert er sich unserem Wagen, ich sehe ihn an und kann mir ein breites Grinsen nicht

verkneifen. Seine vorstehenden Hasenzähne sowie sein Silberblick lassen nicht erkennen wohin er schaut. Mein unterdrücktes Lachen versteht er wohl als Flirt und macht mich freundlich darauf aufmerksam, dass hier 60 km erlaubt sind, ich aber 70 km gefahren sei. „O tatsächlich, habe ich gar nicht bemerkt, Entschuldigung!"

Bourcha murmelt nur noch: „das kann den Führerschein kosten." Ich grinse immer noch, der Polizist sieht wirklich grotesk aus! Rasch nährt sich sein Kollege, diesmal verschlägt es mir fast die Sprache. Ein marokkanischer George Clooney! Er begrüßt uns sehr freundlich, fragt nach meinem Führerschein. „Biensure Monsieur" Strahlend überreiche ich ihm das verlangte Dokument.

Im gleichen Moment klingelt mein Handy. „Youssef !" „Ich bin kurz vorm Boulevard Mohammed VI am Kreisverkehr, wurde gerade von der Polizei gestoppt."

Youssef stöhnt kurz auf – das letzte Mal als wir von der Polizei angehalten wurden, ist ihm noch lebhaft in Erinnerung. Ich hatte dem Polizisten

etwas unwirsch meine Versicherungskarte ausgehändigt. Daraufhin mussten wir aussteigen, fast wäre es zu einer Prügelei eskaliert. Zum Glück kam Youssef's Cousin gerade mit dem Moped dazu. Der Polizist sein Nachbar, erkannte ihn und so wurde der Streit beigelegt. Allerdings nicht ohne eine Geldstrafe von 50 Dirham. „Marion kommst du klar?" „Ja. Bouchra ist bei mir!"
„Wir sehen uns später." „Gut bis später."
In der Zwischenzeit betrachtet der attraktive Polizist meinen Führerschein. Mein dreißig Jahre altes Foto in meinem Führerschein lässt ihn ins Schwärmen geraten. Ich könnte noch Stunden mit ihm plaudern. Jedoch zurück in die Wirklichkeit - was geschieht jetzt? Freundlich biete ich ihm meine letzten 100 Dirham, die er lächelnd annimmt. Charmant überreicht er mir meine Papiere. «Voilà Madame et bonne route!» «Merci Monsieur vous êtes très agréable.

Sie sind sehr nett» Fröhlich winkend setzte ich meine Fahrt in Richtung Bab Doukkala fort. Bouchra atmet hörbar auf.

„Bi-chair, al hamdullilah!" „Allah sei Dank"
Bei Geschwindigkeitsüberschreitungen ist meistens der Führerschein weg plus 500 Strafe." „Tatsächlich?" „Oui. Mein Bruder wurde vergangene Woche wegen geringfügiger Geschwindigkeitsüberschreitung gestoppt. Er musste bei der Präfektur seinen Führerschein abholen und 500 Dirham bezahlen." „Das ist ja ein Viertel des monatlichen Einkommens!" "Oui.","Mon Dieu!"

Später beim Ausladen der Grünpflanzen kommt Dominique gerade vom Einkaufen und wundert sich. „Ist Youssef nicht bei euch?" „Nein wieso?"
„Er ist per Taxi zum Boulevard Mohammed VI gefahren. Dort hatte dich doch die Polizei gestoppt?"
„Oui." Jetzt Erstaunen meinerseits.
Er war äußerst besorgt. Ich war gerade ihm im Riad, als er dich anrief." „Ach so, das ist gut ausgegangen, nachdem ich 100 Dirham zahlte konnte ich weiter fahren."
„Bi-chair, al-hamdulillah" „Allah sei Dank „

„Übrigens, morgen um elf Uhr kommen zwei Handwerker um die Metallregale für die Küche anzufertigen. Möglicherweise können die auch die Metallkonstruktion für die Überdachung des Innenhofes anbringen?" „Dominique was meinst du dazu?" „Schon möglich, ich werde ungefähr um elf Uhr hier sein. Allerdings bezüglich der Preise wäre es besser Youssef verhandelt mit den Handwerkern. Von uns verlangen sie sowieso das Doppelte, besonders bei Frauen. Die versuchen immer ihren größtmöglichen Profit herauszuschlagen bei Ausländern. Sie können sich einfach nicht vorstellen, dass wir unser Geld auch schwer verdienen müssen." „Oui, sehr richtig.

„Ich gehe jetzt sowieso noch zum Riad um einige Sachen zu holen, falls ich Youssef dort antreffe, werde ich ihn bitten morgen dabei zu sein!"

„Bien. Salue Marion!"„Bis morgen Dominique!"

Meine Freundin Bouchra verabschiedet sich ebenfalls, sie trifft sich mit ihrer Schwester Naima in Gueliz, dem Promi- und Geschäftsviertel von Marrakesch. „Gut, ich begleite dich bis zur Rue

Mouassine die direkt zum Place Djemaa el Fna führt. Dort finden wir rasch ein Taxi." „Merci für deine Begleitung und liebe Grüße an deine Mutter und Schwestern." „À bientôt Marion"
„Bis bald Bouchra, komm gut heim."
Gemächlich gehe ich durch die schmalen Gassen zurück zur Derb Zaouia. Unterwegs werde ich immer wieder von meinen Nachbarn begrüßt.
„Bonsoir la Rouge, comment ca va?" - Die Rote, wie geht es?" Mittlerweile bin ich im Viertel Bab Doukkala bekannt mit meinen knallrot gefärbten Haaren - das in einem Land der verschleierten Frauen. Gerade als ich in die Derb Zaouia einbiege, begegnet mir Aida, die sich auf dem Heimweg befindet. «Bonsoir Marion, comment ca va?» „Mir geht es gut Aida, wie geht es dir?" „Es geht gut danke - deine Wäsche ist gewaschen, sie liegt auf deinem Bett." „Vielen Dank Aida. Ich werde meine Sachen einpacken und zum Haus bringen. Wir sehen uns morgen?" „Oui, bis morgen Bon Soiree!" „Merci, bis morgen!" Vorsichtig öffne ich die Tür zu Youssef's

Riad, falls der frustrierte Onkel an der Rezeption sitzt. Halloooo, jemand da?"

Ja. Youssef schaut aus der Küche. „Ich mache gerade Tee, möchtest du auch?" „Sehr gerne!"

In der Zwischenzeit packe ich einige Sachen. Nehme meine Reisetasche aus dem Schrank, lege ein paar Kleidungsstücke hinein dazu die Wäsche vom Bett, die Aida für mich gewaschen hatte. Was ist das? Ein schwarzer Spitzen Tanger – er gehört mir nicht! Möglicherweise wurde er von Aida verwechselt? Zurück in den Schrank damit. Allerdings sind zurzeit keine anderen Gäste im Haus. Mir gehört das Spitzenhöschen jedenfalls nicht! „Tee ist fertig!"

Während wir gemütlich zusammen sitzen, berichtet Youssef von seiner Taxifahrt zum Boulevard Mohammed VI. „Allerdings warst du bereits fort, ich war sehr erleichtert, denn das letzte Mal am Place Djemaa el Fna erinnerst du dich?" „Ja." „Ich reagierte etwas ungehalten!" „Genau – das gibt nur Probleme!" „Ich werde versuchen in Zukunft ruhig und gelassen zu sein!"

**Patience, Patience**

„Youssef, kommst du morgen mit ins Maison Bleue? Die Handwerker kommen für das Küchenregal, außerdem möchten wir bezüglich der Innenhofüberdachung mit ihnen verhandeln." „Wann erwartet ihr sie? „Morgen um elf Uhr." „Gut, vor zwölf Uhr sind sie sicher nicht da. Ich komme." „Merci." „Außerdem möchte ich die Waschmaschine hinüber transportieren lassen, bestellst du bitte ein Caro?" „Ja, ich kenne zwei – die kräftigsten von der Gruppe."

„Sehr gut. Ich hoffe die Waschmaschine übersteht den Transport in dem zweirädrigen Handkarren – Caro genannt." Anschließend packe ich noch einige Kleidungsstücke in meine Reisetasche, es reicht für heute! Schon wieder das Spitzenhöschen auf meinem Bett! „Yousseeef! Das gehört mir nicht!" „Vielleicht wurde es von Aida verwechselt!" „Doch es ist dein! Ich habe es für dich gekauft!" „Du hast mir einen schwarzen Spitzen Tanger gekauft?" „Oui. Ich war schon sehr in Sorge als Aida es wusch und rubbelte, dass das Etikett fast nicht mehr erkennbar war." „Wieso in Sorge? Es ist doch ein neues Teil." „Gerade deswegen es sollte nicht verwaschen ausschauen!" „Zieh es doch mal an!" „Jetzt nicht!" „Vielleicht später?" „Vielleicht!"

**Patience, Patience**

Wie vereinbart kommen am nächsten Morgen zwei kräftige Burschen mit der Waschmaschine. „Wohin?" „In den ersten Stock; im Flur dort befindet sich ein Wasseranschluss und Ablauf." „D'accord!" Etwas umständlich mit viel Palaver wird die Maschine an den vorgegeben Platz befördert. Jeder bekommt fünfundzwanzig Dirham. Normalerweise kostet ein Transport 20 Dirham. Allerdings den beiden Herren ist es nicht genug. Es reicht! Wütend knalle ich die Haustür zu. Kurze Zeit später erscheint Youssef. Gemeinsam warten wir auf die Handwerker. „Gerade traf ich zwei Träger, sie sagten du hättest ihnen einfach die Tür vor der Nase zugeschlagen?" „Nachdem ich jedem

25 Dirham gab. Bei jeder Gelegenheit wollen sie gleich ich das Doppelte - nicht mit mir!"

Endlich zwei Stunden später als vereinbart, erscheinen die Handwerker um das Regal für die Küche auszumessen. Bezüglich der Dachkonstruktion setzen wir uns zusammen. Eine internationale Runde. Dominique: Französin, Youssef, Achmed und Hassan: Marokkaner, Marion: Deutsche. Natürlich habe ich bereits einen Plan bezüglich der Dachkonstruktion - denke an ein 45% Gefälle damit der Regen ablaufen kann. Wir gehen verschiedene Möglichkeiten durch, einigen uns dann auf die von mir vorgelegte Planung. Youssef und Dominique verhandeln bezüglich des Preises. Nachdem die Konditionen für alle Beteiligten zur Zufriedenheit ausgehandelt wurden, drängen wir auf rasche Ausführung der Arbeit. Unser Innenhof ist nach oben geöffnet, bei Regen macht sich das in den unteren Räumen sehr ungemütlich bemerkbar.

**Patience, Patience**

Fastenmonat Ramadan. Eine wirklich außergewöhnliche Erfahrung. Während des Tages wird weder gegessen noch getrunken – nicht einmal ein Glas Wasser ist erlaubt. Rauchen oder Sex schon gar nicht. Allerdings ab achtzehn Uhr, nach Sonnenuntergang, ertönt ein lang gezogener Hupton. In Windeseile leeren sich Straßen und Gassen. Jeder versucht so rasch wie möglich entweder zu seiner Familie, Freunden oder Verwandten zu gelangen. Dort gibt es ein ausgiebiges Frühstück bestehend aus Harira Suppe, kleinen Hackfleischbällchen, Datteln, Milch, Pfannkuchen und anderem Gebäck. Später gegen dreiundzwanzig Uhr das Mittagessen. Abschließend eine letzte Mahlzeit vor Sonnenaufgang. Tagsüber wird gefastet. Kinder, alte Menschen und Kranke betrifft diese Regel nicht. Gestern Nachmittag, ich war gerade auf dem Heimweg, erschalle der lang gezogene Hupton.
Die Menschen eilten in sämtliche Richtungen davon. Zwei völlig verstörte Engländerinnen, die gerade aus dem Centre Artisanal auf die Avenue

Mohammed V kamen, schauten erschrocken. Sie sprachen mich an und wollten wissen ob das ein Flieger- oder Bombenalarm sei? „Nein so schlimm ist es nicht – es ist der Fastenmonat Ramadan." „Fastenmonat?" „Die Essen doch jeden Abend!" „Manchmal auch mehrere Mahlzeiten in der Nacht!" „Ja. Tagsüber wird gefastet, weder gegessen noch getrunken." Einziger Kommentar der Beiden: „Das ist wirklich total verrückt!" Ich wünsche ihnen noch eine schöne Zeit in Marokko und eile zum Riad zurück. Youssefs Schwester Miriam erwartet uns heute Abend zum Frühstück. Sie ist mit einem Belgier verheiratet, ihre Wohnung liegt etwas außerhalb der Stadt, im ruhigen Viertel Riad Salam. Didier stellt Designermöbel her, dementsprechend ist die Wohnung eingerichtet. Mutter, Schwester sowie der jüngste Bruder warten schon. „Wo bleibt ihr denn?" „Marion wurde von zwei in Angst und Schrecken geratenen Engländerinnen – aufgehalten." „Wieso denn?" „Die Sirene – nach dem alle Menschen rasch heimwärts eilten, hielten sie für Bombenalarm!"

Gelächter allerseits. „Lasst uns endlich essen – schließlich haben wir den ganzen Tag gefastet!"
Wir sitzen um den großen Designer Esstisch in der gemütlichen Küche und essen in fröhlicher Runde.
Die selbstverständliche und herzliche Aufnahme in die Familie berührt mich immer wieder. Ich fühle mich ausgesprochen wohl in ihrer Gesellschaft.
Oft werde ich gefragt wie es so in Deutschland ist. Ausführlich berichte ich über die aktuelle Situation. Letztendlich stimmen alle überein, es geht aufwärts in Marokko, zumal ihr König reformfreudig und offen für neue Entwicklungen ist. In der Zwischenzeit hatte sich Youssef eine Zigarette angezündet um sie auf dem Balkon zu rauchen. Plötzliches Gepolter und Klirren von Glas! Was ist passiert? Wir eilen auf den Balkon und sehen Youssef am Boden liegen – in der Hand unversehrt die Zigarette „Mon Dieu, ist die stark!"
Ich kann mir ein Lachen nicht verkneifen.
Natürlich haut das rein – den ganzen Tag nichts essen und dann eine rauchen! „Vielleicht solltest

du damit aufhören? Wäre doch eine gute Gelegenheit." Stichle ich.

**Patience, Patience**

Es ist noch früh am Abend als wir uns von der Familie verabschieden. Ich brauche frische Luft und Bewegung. „Ehrlich Youssef, jeden Tag - vielmehr jeden Abend die gleichen geringfügig abgeänderten Mahlzeiten in den nächsten vier Wochen. Es geht gegen meinen Biorhythmus. Tagsüber esse und trinke ich sowieso, mir erscheint diese Prozedur zu ungesund."
„Wir sind es so gewöhnt, natürlich ist es dir überlassen wie du damit umgehst."
„Gehen wir ein wenig an der Stadtmauer entlang?"
„Hattest du schon Gelegenheit einmal ganz herum zu laufen?" „Nein, bei der Hitze war es mir bisher zu anstrengend." „Heute ist es wunderbar – milde Abendluft, ein prächtig glitzernder Sternenhimmel, der Mond liegt auf dem Rücken. 1001 Nacht."

„Wusstest du, dass diese Stadtmauer auf das 12. Jahrhundert zurückgeht?" „Nein, das ist sehr interessant."

„Im 16. Jahrhundert wurde sie stabilisiert zum Schutz gegen die Berberstämme." „Wie hoch wird sie wohl sein?" „Zwischen acht bis zehn Meter, mit ihren zweihundert Wehrtürmen sowie den zehn Toren und einer Gesamtlänge von zwölf Kilometern, ein außergewöhnliches Bauwerk aus roter Erde!" „Sehr beeindruckend." „Allerdings hatte ich nicht vor eine zwölf Kilometer lange Nachtwanderung zu unternehmen." „Nein, wir gehen dort bei Arset Ihiri ins Tor, ein kleines Stück durch die Medina und kommen bei Sidi Bislima wieder heraus."

„Einverstanden, eine sehr gute Idee." Die Häuser erscheinen wie Mauern, abweisend nach außen, im Innenhof jedoch von verspielten Gärten beseelt.

Einige Zeit später lichtet sich die Gasse, vor uns erscheint die Moschee Sidi Bislima. Wir gehen weiter in Richtung königlichen Sommerpalast, um später in die Rue Bab Doukkala einzubiegen.

Kurz darauf stehen wir vor der Derbe Raoui, in dem sich das Maison Bleue befindet, mein neues Zuhause. „Kommst du noch mit?" „Ich würde gerne mit dir im Innenhof sitzen und ein wenig plaudern. Speziell zum Thema Ramadan hätte ich noch Fragen." Youssef schaut etwas verlegen. „Natürlich können wir uns unterhalten, allerdings übernachten werde ich besser nicht." Etwas verwirrt schaue ich zu ihm hinauf. „Ich möchte zunächst mit unserem Imam sprechen. „Es ist dir bereits bekannt das wir Fasten, das bezieht auch die körperliche Lust mit ein." „Natürlich, ich möchte dich nicht in Verlegenheit bringen." „Dessen bin ich mir sicher Cherie. Sehr gerne möchte ich bei dir bleiben und dich in meinen Armen halten – werde aber zunächst einmal den weisen Rat des Imam einholen." „Wir sehen uns morgen." „Bonne nuit mein Lieber!" „Lass mich wissen was der Imam sagt!" „Oui a demage!"

Einige Tage später erfahre ich die Antwort des Imam:

Liebe machen innerhalb der Zeiten von vierundzwanzig Uhr bis fünf Uhr morgens, möglich – aber nicht übertreiben! Was heißt hier nicht übertreiben? Bisher waren mehrere Ehefrauen toleriert, das änderte sich erst als der junge König einige Gesetze dementsprechend korrigierte. Neuerdings sind nur noch zwei Ehefrauen erlaubt! Das heiratsfähige Alter der Mädchen wurde auf achtzehn Jahre festgelegt, vorher konnte ein Mädchen schon im Kindesalter verheiratet werden. Außerdem sind seit kurzem Scheidungen möglich. Die Frauen werden immer selbstbewusster, die Konservativen immer unruhiger. Monsieur le Roi verstärkt seine Sicherheitstruppe.

**Courage, Courage**

Die nächsten Tage vergehen wie im Sauseschritt. Es wird noch einiges benötigt für den neuen Haushalt. Ich fahre zum „Marjane", einer der größten Supermärkte in Marrakesch mit einer

Warenvielfalt im europäischen Stil. Meine Einkaufseuphorie wird hier schon etwas gedämpft, bei der Frage, wie bekomme ich das alles ins Haus. Direkt davor parken? Unmöglich in der Medina. Ich werde den Wagen auf der Rue Fatima Zohra abstellen, um die Einkäufe so nach und nach ins Haus zu transportieren. Bei Rückkehr in mein Wohnviertel stelle ich verwundert fest: sämtliche Straßen sind leer, kein Fahrzeug. Nichts.

Es ist nicht zu fassen! Eigenartig! Aber was soll es, hocherfreut stelle ich meinen Jeep direkt vor den Eingang zur Derb Raouia, trage von dort gemütlich die Sachen ins Haus. Plötzlich, wie aus dem Nichts, taucht ein schwarz uniformierter Sicherheitsmann auf. „Madame, ist das ihr Jeep?" „Oui!" „Bitte fahren Sie ihn ein paar Straßen weiter, der König kommt. Zur Sicherheit seiner Majestät halten wir die Straßen frei." Hätte ich mir doch gleich denken können das hier was im Busch ist! Monsieur le Roi wohnt um die Ecke in seinem Sommerpalast, allerdings nur kurzfristig.

Der Regierungssitz befindet sich in Rabat, Geschäfte werden in Casablanca getätigt.

Kein Wunder das die Straßen frei gehalten werden, sonst könnte Majestät mit seinen Terminen ins Schleudern geraten.

Einige Tage später fahre ich bewusst - damit ich nicht wieder in die Hände der Polizei falle - also langsam und sehr aufmerksam den Boulevard Mohammed VI hinauf um in die Avenue de la Menara ab zu biegen. Im gleichen Moment kommt ein schweres Motorrad in rasanter Fahrt links vom Hivernage auf mich zu, nimmt mir die Vorfahrt, stoppt kurz, mich trifft der Schlag: Monsieur le Roi, der König höchstpersönlich, nickt mir kurz zu um rasch in Richtung Menara zu verschwinden. Gerade als ich zur Weiterfahrt starte, folgt ein Konvoi von mehreren Motorrädern sowie zwei schwarzen Limousinen. Etwas zögerlich setzen sie ihre Fahrt ebenfalls in Richtung Menara fort. Herr König scheint sich einen Spaß mit seiner Sicherheitstruppe zu erlauben. Schnell weg, womöglich kreuzt die Prinzessin im Sportwagen auf, diesmal räume ich freiwillig die Straße um mich in Sicherheit zu bringen. Endlich daheim, alles ruhig, wunderbar. Jetzt einen erfrischenden Minztee und die Füße hochlegen. Plötzlich ein lauter Schlag an der Haustür! Was ist das? Einfach nicht hinhören? Ein zweiter noch gewaltiger. Verdammt ich will endlich meine Ruhe! Rasch öffne ich die Tür und bin sprachlos.

Vor mir steht eine etwa 1,45 m kleine buckelige Frau. Ähnlich einer Puppe mit verdrehten Gelenken. Allerdings mit einer enormen Energie.

„Bonjour Marion, ich bin deine Nachbarin Asimah." „Du machst Massage und Aroma-Therapie?" „Oui." „Mein Neffe hat Probleme mit der Hüfte, könntest du mal zu uns kommen?" „Oui, „Schau dort, schräg gegenüber das kleine grüne Vordach." „Oui." „Dort wohnen wir."

„Gut ich komme, morgen Abend sieben Uhr?"

„Oui parfait, merci Marion a demage."

„Bis morgen Asimah."

Ohne jegliche Scheu oder sonstige Vorsichtsmaßnahmen bestellt sie mich in ihr Haus.

Wieder einmal große Überraschung meinerseits. Ein paar Schritte durch unseren Derb, schon stehe ich vor der hellen Tür mit grünem Vordach, dem Haus meiner kleinen buckeligen Nachbarin Asimah. Nach einmaligem Klopfen öffnet sich die Tür. Die Familie erwartet mich bereits. Tochter Fatima führt mich eine Treppe hinauf in den Salon. Dort sitzen schon einige Verwandte: der Onkel, ein glatzköpfiger, stämmiger Mann, das Ebenbild eines Schlachters. Er betreibt allerdings einen kleinen Gemüseladen, wie ich später erfahre. Der neunzigjährige Großvater, Sohn Izmir sowie der Vater der beiden Kinder, er ist Lehrer an einer Schule in Bab Ahmar. Ohne Umschweife erkundigt er sich ob ich bereit wäre an seiner Schule über Aroma-Therapie zu dozieren. Höflich sage ich zu, nenne allerdings keinen Zeitpunkt. Unter lebhafter Anteilnahme der versammelten Familie bereite ich die Aroma-Therapie für den jungen Raschid vor. Der Ärmste leidet unter Rheumatismus. Während der Wintermonate regnet es sehr häufig, die Häuser sind feucht und kalt. Nach Beendigung der

Therapie sitzen wir noch plaudernd im Salon. Fragen über Fragen, wie es in Deutschland ist - habt ihr einen König? Im Moment haben wir einen Bundeskanzler, allerdings stehen Wahlen an, möglicherweise werden wir eine Bundeskanzlerin bekommen. Nach meinem Bericht sind sie sich einig, es sei wohl besser in Marokko zu leben. Schon allein des Klimas wegen. Ich fühle mich jedenfalls sehr wohl hier. Die Menschen sind ausgesprochen liebenswürdig und sehr geduldig.

In Gedanken versunken schlendere ich zu meinem Haus zurück Während ich die Tür öffne bemerke ich einen Mann, lässig an die Hauswand gelehnt. Wir schauen uns an, er nickt mit zu.

„Bonsoir Madame, alles in Ordnung?"

Oui, oui alles in Ordnung!"

Langsam entfernt er sich. Was hat das zu bedeuten? Nachdenklich bereite ich mir einen Tee. Morgen werde ich zur Polizei-Präfektur gehen um eine Aufenthaltsgenehmigung zu beantragen.

Bei Durchsicht meiner Unterlagen entdecke ich, dass mein Fahrzeug sechs Monate im Land sein kann, ich allerdings nur drei Monate. Logisch erscheint mir das nicht. Behörden sind von einem anderen Stern, mit Realität haben sie nichts zu tun. Am nächsten Morgen mache ich mich auf zur Präfektur am Djemaa el Fna. Nach Stunden des Wartens, erfahre ich das der Zuständigkeitsbereich für mein Anliegen, in der Präfektur Gueliz ist. Etwas gereizt verlasse ich das Gebäude. Während ich die Stufen hinunter gehe, erblicke ich meine kleine, buckelige Nachbarin Asimah. Noch kleiner und sehr traurig. Mit kummervoller Miene berichtet sie mir, wie sie vor einigen Tagen von ihrem Hausmädchen ausgeraubt wurden.

Glücklicherweise waren die Kinder in der Schule. So ist ihnen nichts geschehen.

„Was wurde gestohlen?"

„Kochtöpfe, Geld, Schmuck etwas Bettwäsche. Gerade komme ich von der Präfektur, ich hatte eine Fotokopie ihres Ausweises."

„Das ist gut, so hat die Polizei wenigstens ihre Daten, vielleicht finden sie die Diebin."

„Ich mache mir keine großen Hoffnungen, die Polizisten lachten nur." Arme kleine Asimah.
„Allerdings bin ich sehr froh, dass euch nichts geschehen ist." „Oui. Bi-chair, al hamdulillah." „Allah sei Dank" Gemeinsam gehen wir zu unserem Derb zurück. Es beginnt leicht zu tröpfeln, jetzt flink nach Haus. Ein Platzregen öffnet seine Schleusen. O Nein! Über unserem Innenhof wölbt sich eine riesige Wasserblase. Unsere so wohl ausgeklügelte Dachkonstruktion war planmäßig perfekt. Allerdings ließ die marokkanische Ausführung einiges zu wünschen übrig. Die Metallstangen, über die sich eine Plastikplane spannt, sind leider viel zu schwach um bei starkem Regen dem Gewicht standzuhalten. Der Wasserbombe über mir versuche ich so schnell wie möglich zu entkommen. In Windeseile trage ich einen Holztisch und zwei Sessel nach innen. Gerade als ich noch eine große Laterne rette - platzt die Plastikplane. Eine große Wassermenge klatscht in den Innenhof. Eine Druckwelle zwingt mich zu Boden - mir wird schwarz vor Augen.

„Marion, Marion, Mariooon!" Sehr gedämpft höre ich meinen Namen. Langsam komme ich zu mir und öffne die Augen. Youssef kniet neben mir, verbindet gerade meine linke Hand. Ein Glassplitter ist sehr tief in den Handrücken eingedrungen, der Mittelfinger dadurch bewegungsunfähig.

„Mon Dieu" „Was ist passiert?"

„Ein Bild des Grauens!"

Zerfetzte Grünpflanzen, Glassplitter, Erde und Wasserspritzer bis hinein in die umliegenden Zimmer. „Oui, hier ist gerade eine Wasserbombe heruntergekommen schau unser Dach!" „Das können wir wieder reparieren lassen." „Hoffentlich ist dir nichts geschehen!" „Youssef hilft mir beim Aufstehen, gebrochen ist jedenfalls nichts, ich kann mich gut bewegen. Es ist der linke Mittelfinger den ich nicht aufwärts bewegen kann.

„Am besten wir fahren sofort ins Krankenhaus, dort lässt du es untersuchen."

„Ja morgen, jetzt brauche ich erst mal einen heißen Tee." „D`accord - möchtest du einen

Vervene Tee." „Sehr gern mit etwas Lavendel zum Beruhigen." „Nach diesem Schreck"
Gemeinsam säubern wir den Innenhof von den Trümmern um anschließend, gemütlich in der Küche, Tee zu trinken. Während wir uns noch über diesen Platzregen wundern, der sofort wieder nach lies, allerdings erheblichen Schaden anrichtete, erscheint Dominique. „Alles in Ordnung?" Bei mir im Riad sind einige Pflanzen zerstört!"
" „Hier ist eine Wasserbombe herunter gekommen, schau mal nach oben!" „Mon Dieu" „Was ist mit deiner Hand, jetzt sehe ich den Verband?"
„Ein Glassplitter!" „Geh unbedingt zum Arzt damit!" „Morgen wollte ich sowieso auf die Präfektur in Gueliz. anschließend könnte ich zum französischen Institut fahren. Dort arbeitet ein französischer Arzt in einer sehr gut ausgestatteten Sanitätsstation." „Die kenne ich, gute Idee." „Was hast du auf der Präfektur zu erledigen?"
„Es ist wegen meiner Aufenthaltsgenehmigung!"
„Besser Youssef begleitet dich, die Behörden sind von einem anderen Stern." „Youssef ist es dir

zeitlich möglich, mich morgen Vormittag auf die Präfektur zu begleiten?" „Ich denke es wird sich einrichten lassen, im Moment sind wenig Gäste im Haus damit kommt Aida gut zurecht."

Morgen früh um sechs Uhr reisen einige ab. Später komme ich zu dir, wir frühstücken zusammen, danach gehen wir zur Präfektur." „Einverstanden, gute Idee!" „ Kann ich noch etwas für dich tun?" „Nein Danke!" „Ich werde gleich zu Bett gehen." „Liebend gerne würde ich mich dazulegen, aber du weißt ja, der Onkel wartet im Riad auf mich."

„Ja, ja der Onkel der Spielverderber!"

„Bis morgen." „Bitte sei vorsichtig, es war ein ziemlicher Schreck, dich am Boden liegend vorzufinden." „Bis morgen Cherie!" „Bis morgen mein Lieber!"

Strahlend blauer Himmel, Vogelgezwitscher, milde Luft. Der nächste Tag präsentiert sich frisch gewaschen und gebügelt. Nach einem französischen Frühstück, auf der Dachterrasse, machen wir uns auf den Weg zur Präfektur.

„Wie geht es deiner Hand?" „Schon besser!"

„Später gehen wir zum Arzt."
„Die Krankenstation im Institut Francais ist sehr gut ausgestattet. „Es wäre sicherer die Wunde untersuchen zu lassen." „Ja." „Hoffentlich geht es im Präfektur Büro einigermaßen zügig voran." „Sieh mal die Menschenmenge dort!" „Das kann Stunden dauern."

**Patience, Patience**

Meine Geduld wird hart erprobt. Trotz massiven Einsatz psychologischer Argumente gepaart mit viel Freundlichkeit meinerseits. Keine Chance!
Kaum zu glauben, ich verstehe es nicht!
Mein Fahrzeug kann sechs Monate im Land sein,
„Keine Verlängerung möglich!"
So die lapidare Antwort der Beamtin.
Youssef, möglicherweise könnte ich sie mit einem Geldschein überzeugen?" „Davon rate ich dir in diesem Fall ab, es ist eine sehr korrekte Beamtin, das könnte dich in Schwierigkeiten bringen." „Es

ist wirklich zu blöd." „Mach dir nichts daraus, gehen wir einen Tee trinken.

Ins Café la France zu deinem Lieblingsplatz auf der Terrasse." Die herrliche Aussicht! Marrakesch strahlt. Nach dem gestrigen Platzregen liegt ein klares Licht über der roten Stadt. Die Koutoubia Moschee krönt majestätisch über dem Djemaa el Fna, in der Ferne das unnahbar schöne Atlasgebirge schneebedeckt am Horizont.

La vie est belle! Das Leben ist schön!

Wirklich schade - jetzt aus zu reisen!

Dermaßen kurzfristige Flüge sind natürlich teuer.

„Marion, es gibt noch eine Möglichkeit." „Ja, welche!" „Du könntest mit dem Zug nach Ceuta fahren, dich dort einen Tag aufhalten und wieder einreisen. „Tatsächlich? Das wusste ich nicht."

„Viele meiner französischen Bekannten machen es so." „Wieso Ceuta?" „Es gehört zu Spanien, ist eine kleine Enklave im Norden Marokkos." „Das ist interessant!" „Oui außerdem sehr einfach. Du fährst mit dem Nachtzug nach Tanger, nimmst dort den Bus bis an die spanische Grenze, gehst zu Fuß hinüber nach Ceuta, übernachtest dort und kommst am nächsten Tag wieder zurück." „Es hört sich gut an!" „Siehst du - es ist gar nicht so tragisch." „Es gibt für alles ein Hintertürchen!" „Bi-chair, alhamdulillah Allah sei Dank Gut gelaunt schlendern wir über den Djemaa el Fna, von dort fahre ich mit dem Taxi zum Instiut Francais um in der Krankenstation meine verletzte Hand untersuchen zu lassen.

Vor meiner Abreise möchte ich unbedingt noch ins Hamam. In der Nähe des Ledersouks befindet sich einer der ältesten Hamams Marrakeschs, durchgehend geöffnet. Gerade jetzt Anfang Dezember sind die Nächte empfindlich kühl. Ein heißes Dampfbad erscheint mir deshalb sehr verlockend. Einige Tage später bummele ich gemächlich durch den Souk mit seiner bunten Warenvielfalt, verweile hie und da um einige besonders kunstvolle hergestellte Lampen zu bewundern oder ein Schwätzchen zu halten. Kaufe mir unterwegs noch etwas schwarze Seife und schon stehe ich vor einem der ältesten Gebäude

Marrakeschs. Es macht einen ziemlich heruntergekommenen Eindruck. Allerdings die Tatsache, dass es die ganze Nacht geöffnet ist, scheint mir äußerst interessant. Meine Neugier ist geweckt. Das Entree, eher ein Kellergewölbe, ziemlich düster. Rechts und links einfache Holzbänke, darüber einige Kleiderhaken. Die Kassiererin - eine Araberin im Schneidersitz am Boden daneben ein kleines Holzkästchen, die Kasse. Mit den Fingern deutet sie wie viel ich zu zahlen habe - 5 Dirham außerdem noch etwas für die Beaufsichtigung meiner Tasche sowie Massage. Gerne würde ich mich mit einer Massage verwöhnen lassen. Allerdings beim Anblick der Masseuse verzichte ich lieber. Eine ziemlich schwer gewichtige, sehr energische Person, die sich schon auf meinen schwarzen Massagehandschuh stürzt. Es gelingt mir, ihn ihr zu entwenden und ziehe mich - jetzt völlig nackt - ins letzte und heißeste Gewölbe zurück. Hier fühle ich mich gänzlich ins Mittelalter versetzt. Roh verputzte Wände, einfacher Zementboden jedoch wunderbar warm. Dunkel und dampfig, ein einfaches Kellergewölbe. Zwei junge Frauen reiben sich fröhlich schwatzend gegenseitig ab, nicken mir aufmunternd zu, mich mit den Wassereimern zu bedienen. Gern lege ich mich auf meine Bade Matte auf den Boden, reibe mich an Armen und Beinen ab. Schon taucht die massige Masseuse auf, das Ebenbild eines Samurai. Sie deutet auf meinen Handschuh, dann auf meinen Rücken. Ich reagiere zögerlich. Nun ist sie leider nicht mehr zu bremsen. Jetzt werde ich abgerubbelt, durchgeknetet, kalt und warm abgespült, so dass mir hören und sehen vergeht. Sie lässt ihr gesamtes Repertoire - ohne Ausnahme - an mir aus. Natürlich hofft sie auf eine gute Bezahlung. Europäer kommen hier wohl eher selten herein. Immer wieder schauen die anderen Frauen herüber und nicken mir aufmunternd zu. Sehr freundlich, trotzdem reicht es mir jetzt. Blitzschnell entwende ich der Masseuse meinen Massagehandschuh. Schmollend verzieht sie sich in den ersten Raum zurück. Endlich allein. Herrlich und wunderbar auf meiner Bade Matte im Dampf liegend vor mich hin dösend. Eine Wohltat für Körper, Geist und Seele! Bevor ich einschlafe begebe ich mich lieber nach Hause. Nach der wohligen Wärme im Gewölbe empfinde ich den Ankleidebereich als Eiskeller. Gut, dass ich einen weichen Frottee Anzug vorsorglich mitnahm. Nach einer Dampfbad Behandlung ist die Haut dermaßen aufgequollen, nicht einfach, danach in die Kleider zu kommen. Nachdem ich alles eingepackt, mir rasch noch ein Handtuch um den Kopf wickelte, wende ich mich zum Gehen. Madame Masseuse wartet auf ihre Bezahlung. „Wie viel kostet die Massage?" Sie verlangt zwanzig Dirham, das Dreifache des Normalpreises! Mein Adrenalin Spiegel Tendenz steigend. „Die Massage bezahle ich gern, allerdings gleich den dreifachen Preis?" Nicht schon wieder diese Zockerei!

Ich nehme immer nur wenig Kleingeld mit ins Hamam. Die Taschen stehen zwar bei der Kassiererin zur Aufsicht. Trotzdem: sicher ist sicher. Die angebotenen 10 Dirham schlägt sie aus.

Wir einigen uns auf 15 Dirham. 10 Dirham könne sie jetzt gleich bekommen, die restlich fünf Dirham bringe ich morgen. „Nein, morgen ist sie nicht hier." „Aus den Rippen kann ich es mir auch nicht schneiden!"

„Also gut, ich gehe jetzt und hole noch etwas Geld von Zuhause." Sie nickt, ihr zweifelnder Blick sagt mir, dass sie es für unwahrscheinlich hält, mich jemals wieder zusehen. Langsam spaziere ich durch den nächtlichen – von der Unruhe des Tages - noch flimmernden Souk. Kurze Zeit später befinde ich mich auf der Rue de Bab Doukkala. Ein entgegen kommender junger Mann raunt mir ein verheißungsvolles „Madame" ins Ohr. Mein Nachbar, der gerade mit seinem Fahrrad unter dem Arm ein Backblech, hinter mir geht, raunt nun seinerseits dem jungen Mann entgegen: „Verschwinde oder deine Ohren bekommen mein Backblech zu spüren." Das Jüngelchen verschwindet eilig in Richtung Djemaa el Fna. Lachend und schwatzend gehen wir weiter bis zum

Derb Rouia. «Marion, bonne nuit!» «Raschid, merci est bonne nuit!»

Jetzt rasch ins Haus, Geld holen um nochmals zum Hamam zurück zu kehren. „Marion?" „Oui!"

Dominique sitzt rauchend auf der Terrasse, erstaunt über mein spätes Heimkommen. „Warst du in der Disco?" „Nein, ich war im Hamam!" „Im Hamam, um diese Zeit - es ist ein Uhr nachts!" Oui, ein Hamam in der Nähe des Ledersouks ist die ganze Nacht geöffnet. "„Ich hörte schon davon, war allerdings noch nie dort.

Wie war es denn?" „Gewöhnungsbedürftig und eine Masseuse, mein lieber Mann, der solltest du besser aus dem Weg gehen." „Wieso?" „Sie wiegt mindestens achtzig Kilo!" „Mon Dieu!" „Außerdem hatte ich nicht genug Geld dabei, ich gehe rasch noch einmal zurück." „Um diese Zeit?" „Es ist nicht sehr weit, in zwanzig Minuten bin ich wieder im Haus. „Ich gehe schlafen." «Bonne nuit Dominique.» „Bonne nuit Marion"

Kurze Zeit später stehe ich wieder vor dem Gewölbe. Die Kassiererin schaut mich an, als wäre ihr Allah persönlich erschienen.

Neben ihr schreckt die massige, vor sich hin dösende Masseuse hoch und schaut mich an als wäre gerade der rote Mond über Marrakesch aufgegangen. Wortlos überreiche ich fünf Dirham die sie ebenso wortlos einsteckt. Sehr Müde, jedoch gut gelaunt über die gelungene
Überraschung der beiden Hamam Damen, begebe ich mich in Richtung nach Haus. Gerade als ich aus dem Souk auf die Rue Fatima Zohra komme, fährt langsam im Schritttempo ein Moped neben mir und wieder dieses geraunte „Madame" Während ich gerade aushole, erkenne ich Rafik.
„Mensch Rafik!" Was machst du hier um diese Zeit?" „Das gleiche könnte ich dich auch fragen!"
„Ich war im Hamam!" „Im Hamam um diese Zeit?" „Oui, in einem der ältesten Dampfbäder in Marrakesch." „Ah ja, der in der Nähe des Ledersouks?" „Genau der!" „Was machst du um diese Zeit hier?" „Zwei Freunde und ich waren bei

einer Feier als Bedienungen engagiert, wir sind seit heute Morgen um elf Uhr auf den Beinen." „O je, dann aber rasch nach Hause!"

„Bonne nuit, Rafik!» «Bonne nuit, Marion!»

Während Dominique und ich am nächsten Tag gemeinsam in der Küche sitzen, berichte ich ihr von dem Tag auf der Präfektur.

Leider muss ich ausreisen, eine Verlängerung sei nicht möglich.

„Es gibt die Möglichkeit nach Ceuta zu fahren."

„Youssef erklärte es mir bereits."

„Allerdings mit deinen roten Haaren fällst du sofort auf." „Kauf dir eine Mütze." „Eine Mütze?" „Besser noch ein Kopftuch!" „Nein das wirklich nicht!" Während mir Dominique noch einige Ratschläge erteilt, wie ich möglichst unauffällig die Grenze passieren kann, erscheint Youssef. «Bonjour, la Princesse» „Youssef, Bonjour" „Ist noch Kaffee da?" „Ja ein wenig." „Ich bin völlig erledigt, eine Gruppe aus Paris kam heute Morgen an. Marion, mein Schwager rief mich gestern

Abend noch an. Eine seiner Kundinnen möchte gerne Fußreflexzonenmassage."
„Super, mit meiner verletzten Hand bin ich nur etwas gehandicapt." „Sie wird dich anrufen!" „D`accord." „Hoffentlich nicht heute Vormittag, ich muss los mir eine Mütze kaufen!"
„Eine Mütze?"
„Oui, Dominique ist der Meinung, ich sollte mich etwas tarnen wegen der roten Haare." „Gute Idee. Gehen wir zum Djemaa el Fna eine Mütze kaufen."
„Die ist zu bunt! Vielleicht diese dort!"
„Das gleiche rot wie meine Haare!"
„Besser ich nehme eine schwarze! Ja die dort!"
„Probier mal wie sie passt."
Oui, très bien".„Gut ich nehme die schwarze."
Danach schlendern wir ein wenig über den Djemaa el Fna. Dort an der Ecke vor der Apotheke gibt es einen Verkaufsstand mit Sonnenbrillen. „Möchtest du noch eine Sonnenbrille?" „Jetzt ist Schluss. Nach der Sonnenbrille noch eine Djellabah –dieses typische marokkanische, lange und weite Gewand. - Ich habe den Eindruck es macht dir

besondere Freude mich total zu verhüllen. Ich bin es jedenfalls gewohnt mich frei zu bewegen." „D`accord, kein Problem." „Ich möchte nur, dass alles gut geht an der Grenze." „Wird schon schief gehen!" Anschließend besuchen wir Rafik in seiner Boutique, eher gesagt, in seiner offenen Garage, bestehend aus einem schmalen, hohen Raum mit rechts und links großen Rissen in den Wänden sowie ständig rieselndem Putz vom Dach. Das Dattel– Nussgeschäft übernahm er vom Vater, dementsprechend schaut es aus. Eine Renovierung ist momentan aus finanziellen Gründen nicht möglich. Rafik sorgt für seine jüngere, noch ledige Schwester, die ältere ist verheiratet - beide Elternteile sind bereits verstorben. Mit seiner kleinen Dattel Bude hält er sich gerade so über Wasser. Trotz allem höre ich ihn nie klagen. Ein liebenswürdiger Mensch, sich geduldig in sein Schicksal fügend.

**Courage, Courage**

Nach drei Monaten in Marrakesch steht mein Leben Kopf. Planungen, Absprachen alles für die Katz. Doch ungeachtet dessen, durch die positive Einstellung dem täglichen Chaos gegenüber, bleibt mir meine gute Laune erhalten.

Gegen Abend ein Anruf. Youssef hatte es mit bereits angekündigt. Eine Deutsche aus München - jetzt in Marrakesch lebend. Wir vereinbaren einen Termin für den nächsten Abend. Kurz vor zwanzig Uhr verlasse ich das Haus mit meiner Massagetasche um ein Taxi auf der Avenue Mohammed V zu nehmen. Auf dem Weg in Richtung Justizpalast begegne ich meiner kleinen, buckeligen Nachbarin.

„Marion, wie geht es dir?" „Wie geht es dir, Asimah?" „O sehr gut, stell dir vor, die Polizei fand unsere ehemalige Hausangestellte." „Unglaublich, so etwas. Wo wurde sie gefasst?" „In Casablanca. Die Hälfte der gestohlenen Sachen war natürlich verschwunden. Immerhin bekam ich einige Dinge zurück." „Das ist ja großartig!" „Ja nicht wahr, unsere Polizei ist wohl besser als wir annahmen.

„Bi-chair al-hamdullilah". „Allah sei Dank"
Wer hätte das Gedacht. Kaum zu glauben, die Polizei fasste die Diebin. Fröhlich verabschieden wir uns voneinander.

Gut gelaunt setze ich meinen Weg fort. Manchmal gehe ich gerne zu Fuß die Avenue Mohammed V über den Place de la Liberte nach Guéliz. Dort in einer kleinen Seitenstraße befindet sich eine christliche Kirche, ganztägig geöffnet. Sie lädt zum Gebet wie auch zur Meditation ein. Heute geht es direkt zur Avenue Mohammed V, zu einem mehrstöckigen Wohn- und Geschäftsgebäude. Dort residiert Marianne aus München. Eine resolute Geschäftsfrau.

Der Hausdiener öffnet. Er führt mich durch die Designer Wohnung im arabischen Stil. Ich werde bereits erwartet. Die positiven Auswirkungen einer Fußreflexzonenmassage auf den gesamten Organismus, sind Marianne bereits aus ihrer Kindheit bekannt. Umgehend beginne ich mit der Behandlung. Später bei einer Tasse Tee erfahre ich, Marianne lebt schon einige Jahre in Marrakesch.

Ihre Kinder Studieren in München, ihr Mann, fährt als Kapitän auf einem großen Luxusliner, ist oft wochenlang unterwegs.

Nachdem die Geschäfte in Deutschland nicht mehr zu ihrer Zufriedenheit liefen, sähe sie nun in der Lizenz zum Verkauf von deutschem Bier in Marokko, eine wahre Goldgrube. „Deutsches Bier hier in einem moslemischen Land?"
„Warum nicht! Hier wird genauso viel getrunken wie in anderen Ländern." „Das stimmt allerdings."
„Komm doch mal vormittags in mein Büro, dort stehen die verschiedenen Sorten - auch alkoholfreies Bier!"
„Sehr gerne, das lasse ich mir nicht entgehen. Deutsches Bier in Marrakesch - ich kann es immer noch nicht glauben! Allerdings muss ich zunächst erst mal ausreisen wegen meiner Aufenthaltsgenehmigung." „Fahr doch nach Ceuta!" „Genau das habe ich vor. Mit dem Zug bis Tanger, anschließend von Tanger mit dem Bus nach Tetuán. Dort über die Grenze." „Am nächsten Tag reist du wieder ein." Auch Marianne ist diese

Prozedur bestens bekannt. „Ja, sobald ich zurück bin melde ich mich bei dir." „Gut, ich drücke die Daumen, dass alles klappt." „Danke, gute Zeit. Mohammed, der Hausdiener geht bereits mit meiner Tasche voran zu einem Taxi.

„Danke bis bald."

„ In shalla a allah" „ wenn Gott es so will"

Während der Rückfahrt kreisen meine Gedanken immer noch um Marianne mit ihrer Lizenz zum Bier verkaufen. Deutsches Bier in Marrakesch. Wie aufregend! In Gedanken versunken gehe ich zum Haus. Der Schlüssel wie meistens - nicht zu finden. Während ich den Inhalt meiner Tasche auf den Boden stülpe, bemerke ich aus den Augenwinkeln, wieder dieser Mann! Ruhig an die Hauswand gelehnt mit dem lapidaren: „Alles in Ordnung Madame?" „Oui, oui alles in Ordnung" Dabei entfernt er sich langsam. In Windeseile packe ich die herum liegenden Sachen und stürze ins Haus. Was hat das zu bedeuten? Bedrohlich erschien er eigentlich nicht. Ausgerechnet jetzt ist niemand Zuhause! Dominique und Youssef sind mit ihren

Gästen unterwegs. Bevor ich zu Bett gehe, überprüfe ich noch einmal die Türverriegelung. Sicher ist sicher.

**Courage, Courage**

Während ich am Frühstückstisch schon mal gedanklich meine Reise nach Ceuta plane, erscheint Youssef. Sehr aufmerksam hört er zu als ich ihm vom gestrigen Abend berichte. Ein Mann circa 1,80 m groß, schlank, Jeans, blaues Sporthemd. Sein Alter schwer zu schätzen zwischen vierzig und fünfundvierzig. Er wird sich im Viertel einmal umhören, etwas Rätselhaft diese Erscheinung. Allerdings viel Zeit zum Nachdenken bleibt nicht, meine Abreise am Abend steht bevor. Melancholie breitet sich aus. Die vergangenen Wochen waren erfüllt mit Lachen, Weinen, Tragik und Komik. Die Liebe mit einer unbeschreiblichen Leichtigkeit. Wir verabreden uns für den Abend, Youssef wird mich zum Zug begleiten. Lustlos packe ich einige Kleinigkeiten für meine Reise nach Ceuta. Eine kleine Tasche reicht vollkommen für eine Übernachtung. Während der Fahrt zum Bahnhof spricht Youssef eindringlich auf mich ein: „Marion, sei bitte vorsichtig. Ein Taxi vom Bahnhof zur Busstation darf nicht mehr als 5 Dirham kosten. Achte gut auf deine Papiere, lass dich auf keine Diskussionen ein." „„Danke für die Ratschläge, ich werde daran denken." „Je t'aime ich möchte dich so schnell wie möglich wieder in meinen Armen halten."

„Ich werde achtsam sein, damit ich schnellstens wieder in Marrakesch bin. Das Weihnachtsfest in drei Wochen feiern wir zusammen." „Darauf freue ich mich schon." Wir halten uns fest an den Händen, schauen uns an und sprechen mit den Augen. Der Austausch von Zärtlichkeit in der Öffentlichkeit ist trotz des erkennbaren Fortschritts noch immer verpönt. „Hast du das Ticket?" „Oui, Liegewagen." „Gut, sei vorsichtig mit deinem Gepäck.

„Es ist sehr einfach, ich habe nur diese Umhängetasche dabei." „Sehr gut. Ruf mich gleich an wenn du in Ceuta bist."

D`accord?" „Natürlich, morgen Abend telefonieren wir. «Bonne nuit, Chéri!» „Gute Nacht mein Lieber!" Rasch begebe ich mich in mein Liegewagenabteil. Dort verstauen gerade zwei jüngere Amerikanerinnen ihre Rucksäcke.

Erleichterung meinerseits. Nach einer längeren Rucksack Rundreise durch Marokko, möchten sie jetzt Spanien kennen lernen.

„Very nice people in Marokko." „Das empfinde ich auch so - allerdings gepaart mit viel List. Himmel und Hölle sind eben dicht beieinander. Das bedeutet auf der Hut sein, eine gewisse Anspannung immer und überall. Daher meine Erleichterung, jetzt mit zwei Amerikanerinnen zu reisen - es ist einfach entspannter."

Wir wünschen uns eine gute Nacht und schlafen sofort ein. Acht Stunden später: Tanger! Tanger! Ankunft in Tanger in 10 Minuten. Geschwind eine Katzenwäsche, schlüpfe in meine Jeans, nehme den

Blazer über den Arm. Jetzt erweist sich mein leichtes Reisegepäck als sehr vorteilhaft. Kitty und Jane, meine amerikanischen Reisegefährtinnen, verabschieden sich herzlich und streben eilig dem Ausgang entgegen. Sie möchten die Fähre Tanger – Algeciras erreichen.

Es ist noch früh am Morgen, der Bus nach Tetuan, fährt um zehn Uhr vom Busbahnhof ab. Genug Zeit, gemächlich bummele ich durch die Bahnhofshalle zum Ausgang. Die dort wartenden Taxen werden sofort von drei bis vier Personen besetzt.

Nachdem sich alle Reisenden in verschiedene Richtungen entfernten, stehe ich allein vor der Bahnhofshalle. Tanger. Weiße, ein wenig in die Jahre gekommene Häuser, Putz blättert von den Wänden, Türen klappern im Wind. Im Hafen geschäftiges Treiben, ein- und ausfahrende Fähren. Am Horizont das Meer von der aufgehenden Sonne Silber glänzend beleuchtet. Marrakesch – Tanger. Größer könnten die Unterschiede nicht sein. Rot - Weiß, Himmel und Hölle. Während meine Blicke umherschweifen erspähe ich ein kleines rotes Taxi. Es kommt direkt auf mich zu. Ein freundlicher Fahrer erkundigt sich.

„Wohin Madame?" „Zum Busbahnhof." „Gut, das ist nicht weit, ich fahre sie sofort." „Merci".

Es ist tatsächlich in der Nähe, der Fahrpreis genau 5 Dirham. Kein Palaver, kein Handel, einfach 5 Dirham, das ist der Preis. Es gibt sie auch, diese liebenswürdigen und korrekten Taxifahrer.

Natürlich bekommt er ein gutes Trinkgeld. Freundlich verabschieden wir uns voneinander.

„Gute Weiterreise Madame." „Merci beaucoup."

Kurze Zeit später sitze ich im Bus Richtung Tetuan. Die Fahrt geht zügig durch grüne, leicht hügelige Landschaft. Wir kommen gut voran, erreichen einige Stunden später den Grenzort Tetuan.

Endstation - düstere Atmosphäre empfängt uns.

Händler drängeln, schmutzige Gassen, zerzauste Hunde, magere Katzen, zahnlose Taxichauffeure mit überhöhten Preisen. Nichts wie fort! Zum Grenzübergang sind es circa zwei Kilometer. Gern würde ich die Strecke zu Fuß bewältigen, die ansteigenden Temperaturen halten mich jedoch davon ab. Schon steht ein verschlagen aussehender Taxifahrer neben mir. Natürlich verlangt er einen völlig überhöhten Fahrpreis, nach einigem hin und her, zahle ich 10 Dirham. Das war wieder typisch. Kaum dem Taxi entstiegen, erscheint der nächste Geschäftemacher, ein Ausreiseformular schwenkend. „Madame 20 Dirham ich fülle es für sie aus!" Der hat sie wohl nicht mehr alle, das mache ich selbst. Zu blöd, leider vergaß ich meine Mütze. Was soll es auf zum nächsten Kontrollhäuschen! Der dortige Grenzbeamte dreht und wendet meinen Ausweis, ich sehe förmlich wie es in ihm arbeitet „Madame sie haben einen Pkw?" „Oui, in meinem Pass steht eine 6-monatige Aufenthaltsdauer, wobei ich auf den Stempel deute. Jetzt mache ich ein wenig Druck.

„Rasch, ich werde in Ceuta erwartet."

Zögernd stempelt er die erforderliche Seite. Das wäre erledigt. Erleichtert gehe ich zur nächsten Kontrolle. Diesmal die spanische Seite. Ausgesprochen höfliche Beamte stempeln meinen

Pass, lächelnd überreichen sie mir meine Papiere und wünschen mir einen guten Aufenthalt in ihrem Land. „Danke, sehr freundlich!"
Mit dem Bus geht es weiter zur Stadtmitte. Moderne contra Vormoderne, ein hübsches, blitzblankes Städtchen mit wunderschöner Weihnachtsdekoration, empfängt mich liebenswürdig. Während ich durch die Fußgängerzone bummele, fallen mir die fantasievoll gestalteten Schaufensterdekorationen, sofort auf. Plötzlich stehe ich vor einer kleinen Pension „La Boheme." Wie romantisch, dort quartiere ich mich ein. Ein einfaches, doch sehr sauberes Zimmer. Nach einer erfrischenden Dusche, ziehe ich mich um und begebe mich auf die Suche nach einem guten Restaurant. Vergnügt schlendere ich durch den Ort wobei ich direkt zum Hafen gelange. Hier entdecke ich ein Chinesisches Lokal. Das Essen ist hervorragend, ich bin begeistert. Allmählich macht sich eine euphorische Urlaubsstimmung bemerkbar. Gut gelaunt schlendere ich noch ein wenig über den festlich

erleuchteten Weihnachtsmarkt, kaufe ein paar Weihnachtsmänner für meine Freunde
in Marrakesch und spaziere gemütlich zurück zur Pension. Am nächsten Morgen gönne ich mir ein ausgiebiges Frühstück in einem der kleinen Straßenlokale. Unter Orangenbäumen sitzend, genieße ich das spanische Treiben um mich herum. Langsam begebe ich mich auf die Rückfahrt zur Grenze. Während der Fahrt habe ich noch einmal Gelegenheit Ceuta zu bewundern, die Grünanlagen mit bunten Blumenrabatten, gepflegte Villen, der Hafen sauber und adrett grüßend. Ein wahrhaft schöner Ausflug. Kurze Zeit später befinde ich mich an der Grenzkontrolle der Spanier. Sehr höfliche und zuvorkommende Beamte stempeln meinen Reisepass, wünschen mir alles Gute. Danach hinüber zur marokkanischen Seite. Es sind nur wenige Reisende um die Mittagszeit unterwegs, ich hoffe schnell weiterzukommen. Wie einen Pfannkuchen dreht und wendet der dortige Grenzbeamte meinen Pass, blättert die Seiten

langsam durch und siehe da: „Madame, sie waren bereits sechs Monate in Marokko in diesem Jahr? „Oui von Januar bis März - danach wieder ab September bis Anfang Dezember. Völlig legal!" „Non, Madame, eine Einreise in diesem Jahr ist nicht mehr möglich! Jetzt schlägt es aber dreizehn! Natürlich lauert er auf Bezahlung, so verschlagen wie er schaut! Es reicht, nicht mit mir! Geschwind entreiße ihm meinen Pass und marschiere, hoch erhobenen Hauptes zurück zur spanischen Kontrollstelle. Dort werde ich mit Beifall empfangen, den Herren ist die kleine Diskussion nicht entgangen. „Madame, seien sie unser Gast solange es ihnen gefällt." Der marokkanische Beamte schaut ziemlich überrascht. Damit hatte er sicher nicht gerechnet. Der kann mir grad den Schuh aufbloasen, wie die Bayern so schön sagen. Schon wieder befinde ich mich im Bus zurück in die Stadt. Während der Fahrt überlege ich mir die nächsten Möglichkeiten. Einige Urlaubstage hier in Ceuta wären sicher eine nette Abwechslung um anschließend wieder in Marokko einzureisen. Allerdings geht mir diese Verschlagenheit, der Kontrolleure, gerade ziemlich auf die Nerven. Während der Busfahrt schaue ich verträumt den Fähren nach. Reiselust packt mich. Meine Familie in Deutschland würde sich sicher über einen Überraschungsbesuch zu Weihnachten freuen. Im Hafen erkundige ich mich nach einem Ticket. Die Überfahrt von Ceuta nach Algeciras kostet 35 Euro Fahrzeit eine Stunde. Allein die Vorstellung in einer Stunde in Spanien zu sein, beflügelt mich. Von dort könnte ich mit der Bahn nach Barcelona, anschließend Zürich und letztendlich Zürich – München fahren. Eine großartige Idee! Sofort erstehe ich ein Ticket, kurz darauf sitze ich im Warteraum des Buquebus, der Fähre zwischen Ceuta und Algeciras. Allerdings, wenn ich mir mein Gepäck anschaue: eine Umhängetasche mit den nötigsten Hygieneartikeln, Jeans und Blazer. In Deutschland soll es gerade ziemlich kalt sein! Was soll's, ich wollte schon immer einmal mit leichtem Gepäck verreisen. Es ist früher Nachmittag, den Nachtzug nach Barcelona könnte ich gut erreichen. Vom Bahnhof aus muss ich unbedingt Youssef verständigen. Er erwartet mich bereits heute Abend in Marrakesch.

**Courage, Courage**

Nach einstündiger Überfahrt legen wir in Algeciras an. Schnurstracks gehe ich zur nächsten Telefonzelle um Youssef in Marrakesch anzurufen. Nach zweimaligem Klingeln wird abgehoben, Erleichterung meinerseits. Youssef wie geht es dir? Gut, meine Liebe, wo bist du? Kann ich dich irgendwo abholen?"
Äh, ich bin in Algeciras, in Spanien."
Lange Pause, nichts mehr zu hören. „Hallo Youssef bist du noch am Telefon?" Ich hoffe er ist nicht in Ohnmacht gefallen. Nach einer Minute wieder seine Stimme.
„In Spanien? Was machst du in Spanien?"
„Der Dummkopf an der marokkanischen Grenze ließ mich nicht einreisen." „Wieso denn nicht?"

„Er meint, ich war bereits sechs Monate in Marokko, deswegen könne ich erst wieder im kommenden Jahr einreisen." „Das war doch nur eine blöde Ausrede um an Geld zu kommen!" „Es war mir bewusst, allerdings die Idee, meine Familie an Weihnachten mit meinem Besuch zu überraschen, gefällt mir außer ordentlich. Ich versuche den Nachtzug nach Barcelona zu bekommen. Von dort nach Zürich, anschließend Zürich – München. „O mon Dieu!"
„Weihnachten feiern wir nach oder besser wir feiern euren Neujahrstag im Januar zusammen mit der Familie." „Oui ich freue mich schon darauf!"
„ Youssef würdest du bitte Dominique anrufen und ihr sagen, dass ich doch eine längere Reise unternehme. Sie erwartet mich bereits heute Abend zurück." „Selbstverständlich meine Liebe.
Ich werde es sofort erledigen. Bitte sei vorsichtig, es ist eine lange Reise, du bist allein."
„Zum Glück habe ich kein Gepäck, es ist ein wunderbar leichtes Gefühl."

„Gut zu wissen, so reist du zumindest bequem."
„Marion, ich vermisse dich jetzt schon, komm so rasch wie möglich nach Marrakesch zurück."
„ Youssef ich werde mich beeilen:" „Auf Wiedersehen mein Lieber!" „Au revoir Cherie!"

**Courage, Courage**

Ikarus gleich, schwebe ich dem Ausgang entgegen. Dort schaue ich mich suchend nach einem Taxi um. Schon steht ein sehr freundlicher Fahrer neben mir, fragt nach meinem Gepäck, kein Gepäck?
Verwundert zieht er eine Augenbraue nach oben.
Nein kein Gepäck. Geht überraschender Weise sehr gut, stelle ich fest. Kurze Zeit später stehen wir vor der Bahnhofshalle. Nachdem ich ihm erklärte, wohin die Reise gehen soll, begleitete er mich zum Fahrkarten Schalter um sicher zu stellen, das ein Zug in diese Richtung fährt. Sehr Aufmerksam, sonst hätte ich die Nacht womöglich am Bahnhof verbracht. Freundlich, wie alte Bekannte verabschieden wir uns. Glücklicherweise bekomme

ich ein Schlafwagenticket. Komfortabel und sehr bequem reise ich Barcelona entgegen. Am frühen Morgen erreichen wir die Metropole, Barcelona in allen Facetten. Auffallend kunstvoll gestaltete Reklameschilder, Grünanlagen und Menschen in alle Richtungen strebend. Rushhour die als geordnetes Chaos bezeichnet werden könnte. Die erste Etappe meiner spontanen Reise ist erreicht. Anschließend geht es weiter nach Zürich. Nach einer kurzen Kaffeepause sitze ich wieder in einem modernen Langstreckenzug. Eine sehr angenehme Bahnfahrt innerhalb Spaniens. Freundliche Schaffner verteilen Bonbons, nette Mitreisende verteilen ihren Reiseproviant. Während der Reise lasse ich noch einmal die vergangenen Wochen in Marrakesch, gedanklich Revue passieren. Besonders der Mann, lässig an der Hauswand lehnend mit der Frage „alles in Ordnung Madame?" beschäftigt mich. Seltsam, jedoch nicht bedrohlich. Allerdings finde ich keine Erklärung dafür. Möglicherweise kann Youssef inzwischen etwas in Erfahrung bringen. Zürich Hauptbahnhof.

Eisige Kälte schlägt mir entgegen. Zum ersten Mal wird mir bewusst, dass meine Kleidung eher südlichen Temperaturen entspricht. Ändern kann ich es im Moment jedoch nicht. Meine Aufmerksamkeit gilt nun der letzten Etappe meiner spontanen Reise. Verbindung Zürich - München. So nah und doch so fern. Direktverbindungen um diese Zeit ausgeschlossen, das bedeutet dreimal Umsteigen. Die kürzeste Strecke erweist sich als die schwierigste. Letztendlich doch in München angekommen, fahre ich mit der S-Bahn direkt zum Marienplatz. In der Nähe des Viktualienmarktes befindet sich die Wohnung meiner Freundin Katharina. Ich hatte von Zürich aus angerufen und ihr meinen Besuch mitgeteilt.

Vorsichtig schlittere ich über den Viktualienmarkt der mir jetzt blass und missmutig erscheint.

Kein Vergleich zum Djemaa el Fna wo es klampft, trommelt und schlangenbeschwört.

Wieder diese eisige Kälte! Morgen werde ich mir eine warme Jacke kaufen. Während ich weiterhin vorsichtig in Richtung Rumpfortstrasse schlittere,

höre ich meinen Namen. Verwirrt schaue ich umher. Marion, Marion ! Meine Freundin steht am Fenster eines größeren Gebäudekomplexes und winkt aus der dritten Etage zu mir herunter. "Rasch komm herauf, sonst erfrierst du noch in den dünnen Klamotten." Wie schön ich werde bereits erwartet. Bei einem gemütlichen Abendessen berichte ich über Land und Leute in Marokko. Weit nach Mitternacht, falle ich todmüde ins Bett. Nach einem ausgiebigen Frühstück rufe ich sofort die Marokkanische Botschaft in München an und erkundige mich nach Ein- und Ausreise-Bestimmungen. Selbstverständlich könne ich unbegrenzt ein- und ausreisen, muss allerdings nach drei Monaten das Land verlassen sofern ich keine Aufenthaltserlaubnis besitze. Freundlich bedanke ich mich für die konkrete Auskunft.
Am späten Nachmittag mache ich mich auf den Weg um meinen Sohn in der Schelling Straße zu Überraschen. Nachdem er mich vor der Tür stehend erblickt, traut er seinen Augen nicht. Eine Fata Morgana? „Du hier im Dezember

ausgerechnet bei extremen minus Temperaturen!"
Sehr gern wäre ich wieder nach Marokko
eingereist, von Ceuta aus, allerdings dieser
Grenzbazi wollte abkassieren! Jetzt bin ich hier!"
„Auch gut, feiern wir Weihnachten und Silvester
zusammen!"

**Patience, Patience**
Besuche bei Freunden und Verwandten, Einkäufe
für meine Lieben in Marokko, Ausflüge in die
nähere Umgebung, die Zeit vergeht im Eiltempo.
Auf meinen Rückflug nach Marrakesch, am 3.
Januar, freue ich mich sehr, kann es kaum erwarten.
Die Kälte zerrt an meinen Nerven, nicht nur die
eisigen Temperaturen auch die Coolness der
Menschen im Allgemeinen. Allerdings die
verbrachte Zeit mit Freunden und Verwandten
verlief sehr harmonisch und informativ. Mein Sohn
berichtete von guten Chancen auf
Ausbildungsplätze. Die Fußball WM - natürlich
haben wir in Marokko mitgefiebert. Verringerung
der Kernwaffen angeregt durch den

Bundesaußenminister Guido Westerwelle. Bundeskanzlerin Angelika Merkel traf Sänger Borno im Rahmen einer Initiative für Afrika. Interessante Neuigkeiten auch für meine Freunde in Marokko. Endlich, Landung in Marrakesch. Eine heiße, trockene Brise empfängt mich beim Ausstieg. Wir überqueren das Rollfeld in Richtung Eingangshalle. Im Hintergrund wedeln Palmen im Wind. Doch zunächst wieder anstehen um durch die Passkontrolle zu kommen. Spannung erfasst mich, wie werden die Kontrolleure reagieren. Siegessicher halte ich meinen neu ausgestellten Reisepass in der Hand. Tatsächlich, eine Beamtin bemerkt das neue Datum und wünscht mir guten Aufenthalt in Marokko.

Erleichtert begebe ich mich zum Ausgang. Dort erwartet mich Youssef mit Rosen in der Hand, hinter ihm versteckt Bouchra, meine Freundin. Lachend umarmen wir uns. Glücklich strahlend begeben wir uns zum Parkplatz. Dort steht mein guter alter Jeep, mit dem wir möglichst rasch zum Maison Bleue fahren. Lachend und schwatzend

erreichen wir Bab Doukkala. Kaum dem Fahrzeug entstiegen, steht der Parkwächter mit einem breiten Grinsen vor mir: „Bienvenue a Marrakesch la Rouge, wir haben dich schon vermisst." „Merci Achmed. Wie geht es deiner Familie?" „Alles in Ordnung." „Das freut mich. A bientôt"
„Oui a demage!" Während wir zur Derb Raouia gehen, werde ich immer wieder von meinen Nachbarn begrüßt. Schön dich wieder zu sehen, wie geht es dir? Deine Familie in Deutschland sind sie wohlauf? Alles in Ordnung. Diese Anteilnahme, diese Liebenswürdigkeit überwältigt mich. In diesem Moment wird mir bewusst wie sehr ich das alles vermisste.

Basargassen, stoische Esel ziehen klapprige Karren. Alte Männer beim traditionellen Minztee. Der Sing Sang des Muezzins aus der gegenüber liegenden Moschee Bab Doukkala. Tränen verschleiern mir den Blick - mein Marrakesch.

**Courage, Courage**

Angekommen, wir stehen vor der blau-weißen Eingangstür, Youssef öffnet, schon höre ich Dominique „ Marion bist du zurück?" „Ja, dauerte etwas länger als geplant. Dafür hatte ich eine gute Zeit mit meiner Familie." " Schön das du wieder hier bist, wir haben dich sehr vermisst." „Ich euch auch." „Übrigens, Jenny ist eingezogen"
„Freut mich, jetzt sind wir das drei Mädel Haus in Marrakesch!" „Ja. Wir sehen uns heute Abend, ich muss leider zum Riad, Gäste aus Paris kommen an. Bienvenue Marion." „Merci Dominque bis später!" Youssef kehrt ebenfalls zum Riad zurück. Wir verabreden uns für heute Abend und umarmen uns innig, dabei flüstert mir Youssef ins Ohr: „Marion ich bin sehr froh, dass du wieder hier bist Je t' aime vraiment!"
„Ich auch Youssef wir sehen uns heute Abend!"
In fröhlicher Runde sitzen wir um unseren großen runden Tisch in der Küche, natürlich interessiert es alle brennend: Was genau sich an der Grenze abspielte. „Nun der Grenzbeamte wollte sein Gehalt aufbessern. Ich hatte einfach mal genug von

diesem ewigen Hand aufhalten. Verständnisvolles Nicken Seitens meiner Freunde. Im Allgemeinen handelt es sich um kleine Geldsummen, das ist nicht das Problem. Es ist dieses fortwährend immer und überall. Marokkaner sind daran gewöhnt. Wir mit unserer westlichen Erziehung können damit nicht so entspannt umgehen. Etwas später gesellt sich Jenny dazu, unsere dritte im Bunde. Während unserer Unterhaltung, richtet sich ihr kleiner Yorkshire, häuslich im Katzenkorb ein. Was wird meine Katze dazu sagen, ich werde sie morgen von Bouchra abholen. Als ich Jenny darauf anspreche, erklärt sie mir das sei überhaupt kein Problem. Ihr Hund bemerke es gar nicht. Er frisst gerade genüsslich aus dem Katzennapf. „Wie, dein Hund bemerkt es nicht?" „Im Flüster-Ton fährt sie fort: du darfst nur das Wort nicht erwähnen. In real stört ihn die Katze nicht, so wie du das Wort - jetzt wieder leise – Katze – sagst, wird er narrisch!" Ungläubig schaue ich Jenny an. „Das Wort allein macht ihn fuchsteufelswild?" Das kann doch nur ein Scherz sein. Laut antworte ich: „Das Wort Katze macht ihn verrückt?

Jenny zuckt zusammen, im gleichen Moment stürzt sich Mini Rambo auf mich. „Siehst du, ich habe es dir gesagt."

Ich kann mich kaum halten vor Lachen, kippe fast vom Stuhl. Ein Hund der nicht erkennt dass es eine Katze ist – allerdings beim Wort „Katze" ausflippt. „Also gut, morgen wenn meine Katze hier ist, werde ich ihm erklären es ist ein marokkanisches Huhn."

Jenny findet die Idee prima. Ich schaue etwas skeptisch. Sind hier alle verrückt geworden? Unter dem roten Mond?

Mitternacht ist längst vorbei, leise Schritte im Innenhof. Vorsichtig wird die Tür zu meinem Schlafzimmer geöffnet. „Marion Cherie, schläfst du schon?" Youssef nähert sich langsam und küsst mich sanft auf die Stirn. Ich schlinge meine Arme um ihn und ziehe ihn zu mir ins Bett. Leise unterhalten wir uns – der Onkel war noch im Riad – sonst wäre er schon früher gekommen.

Wir kuscheln uns zusammen, dabei kann ich ein Kichern nicht unterdrücken.

Flüsternd – damit unsere Mitbewohnerinnen nicht geweckt werden, erzähle ich ihm von Jenny's Hund. „Wie, solange das Wort Katze nicht erwähnt wird ist er friedlich?" „Ja. Als ich laut Katze sagte ging er auf mich los." „Das ist ziemlich verrückt!" Unsere Fantasie ist grenzenlos, wir stellen uns vor wie der kleine Mini Rambo einen Boxerhund fertig macht, weil versehentlich jemand Katze sagte. Nun ist es mit der Beherrschung vorbei, unser unterdrücktes Lachen platzt heraus, wir können uns kaum beruhigen. Schon ertönt eine Stimme aus dem oberen Stockwerk. „Ruhe da unten." Rasch ziehen wir uns die Bettdecke über den Kopf, in der Hoffnung nicht mehr gehört zu werden. Immer wieder überkommt uns ein Lacher, diesmal bei dem Wort Hund. Gegen morgen schlafen wir erschöpft ein. Am nächsten Morgen schaut mich Dominique vorwurfsvoll an: „Was war denn bei euch los, diese Geräusche, eine besonders lustige Variante des Kamasutras?" „Nein. Gestern Abend ging Jenny's

Yorkshire auf mich los, als ich das Wort Katze sagte, das fand ich total komisch und berichtete Youssef davon. „Verstehe. Doch keine neue Stellung des Kamasutras."

**Patience, Patience**
Während meiner Abwesenheit hatte sich Marianne gemeldet und um meinen Rückruf gebeten. Bevor ich Rafik in seiner Dattel-Boutique besuche, spreche ich mit ihr. Wir verabreden uns für den frühen Abend, sie möchte eine Fußreflexzonenmassage. Anschließend gehe ich zum Djemaa el Fna. Rafik in seiner Dattel-Boutique reißt erstaunt die Augen auf: „Marion du? Wie geht es dir? Wir waren alle sehr besorgt!"
„Rafik es war auch wirklich verrückt!" „Allerdings hatte ich eine gute Zeit zusammen mit meiner Familie." „Das freut mich. Bienvenue a Marrakesch" „Merci Rafik. Wie geht es deinen Schwestern?"

„Gut, die jüngere arbeitet jetzt in einem Buchladen" „Sehr gut, sicher eine Erleichterung für dich."

„O was ist mit der Wand passiert? Ein sehr großer Riss!" Mein Nachbar stellte ein neues Regal auf und schlug Nägel mit einem ziemlich schweren Hammer in die Wand, ich befürchtete schon meine Boutique kracht zusammen."
Rafik das tut mir leid, hoffen wir das es hält In shalla Allah!" „Auf dem Weg hierher sah ich Buben am Straßenrand sitzend, kleine grüne Grasbüschel verkaufen. Kein Haschisch, sondern einfach Wiesengras."
„Am 21. Januar ist Ad-al-Adha unser Opferfest, es werden überall Lämmer geschlachtet." Ich verstehe, bis zu diesem Tag werden sie noch gefüttert." „Genauso ist es." Vorher zelebrieren wir noch einen wichtigen Feiertag, der 11. Januar, unser Unabhängigkeitsmanifest von den Franzosen. „Sehr interessant!" „Ende Februar, genauer gesagt am 22. Februar, begehen wir Fatik Mouharram das islamische Neujahrsfest!" „Gut

dass ich zurück bin, es gibt einiges zu feiern!"
„Genau aber nicht nur der Feiertage wegen, ich freue mich dass du wohlbehalten wieder bei uns bist."
„Rafik ich bin auch froh wieder hier zu sein. Jetzt werde ich zum Café France hinüber gehen, um einen Minztee auf der Dachterrasse zu trinken.
„Bonne journée Marion à bientôt." „Bis bald Rafik." Gemächlich trödele ich über den Djemaa el Fna. Vor mir eine Gruppe Japaner mit weißem Mundschutz, wohl um sich vor dem Staub zu schützen. Dahinter, drei völlig verschleierte Araberinnen im schwarzen Tschador, sehr irritiert schauen sie der Gruppe nach. Grinsend setzte ich meinen Weg fort. Hier treffen Welten aufeinander.

**Courage, Courage**

Später nach der Massage sitzen Marianne und ich noch gemütlich bei einem Tee zusammen.
Die Lizenz deutsches Bier in Marokko zu verkaufen könnte sich als Goldgrube erweisen,

meint Marianne. Ich bin der Meinung deutsches Bier ist sowieso das Beste, schon wegen des Reinheit Gebotes. Gedanklich gehen wir verschiedene Varianten der Vermarktung durch. Dabei bietet sie mir an Marrakesch zu übernehmen. Sämtliche Hotels, Bars und Restaurants werden mit Proben beliefert. Danach die verschiedenen Lokalitäten wieder besuchen um Bestellungen aufzunehmen Die Idee an sich gefällt mir. Warum nicht ein zweites Standbein aufbauen? Außerdem erscheint es mir äußerst abenteuerlich, in einem moslemischen Land, mit Spirituosen zu handeln. Wir verabreden uns für den nächsten Tag um noch einige wichtige Details zu klären. Langsam schlendere ich die Avenue Mohammed V hinauf bis Bab Doukkala. Zeit zum Nachdenken. Deutsches Bier in Marrakesch, klingt sehr verwegen. Einige Zeit später stehe ich vor der großen Holztür, im Derb Zaouia. In der Hoffnung Youssef dort anzutreffen, um einige Neuigkeiten des Biergeschäftes, mit ihm zu besprechen. Zaghaft klopfe ich. Vorsichtig öffnet sich die Tür. „Du

Marion?" „Ja." „Ich befürchtete es wäre der Onkel!" Zum Glück nicht - wir umarmen uns und setzen uns in den Salon. Ich komme gerade aus Gueliz von Marianne, wir sprachen über das Biergeschäft, sie meinte es könnte sich als Goldgrube erweisen." „Das ist gut möglich, weißt du wie viel Alkohol hier täglich getrunken wird?" „Nein" „Wahrscheinlich ebenso viel wie in München." Tatsächlich? Zu meiner größten Überraschung zählt Youssef viele kleine Lokale auf. Voll mit Spirituosen aus aller Welt. Die versteckt liegenden Geschäfte sind allen bestens bekannt. Nur ich hatte mal wieder keine Ahnung. Bereitwillig schlägt er vor, morgen Nachmittag eine Tour durch Gueliz zu starten, um mir einige Lokale zu zeigen in denen der Alkohol
in Strömen fließt. Äußerst gespannt willige ich ein. „Das möchte ich wirklich sehen."
Am nächsten Nachmittag fahren wir zunächst zum Hivernage, ein nobel Hotel mit sehr gut bestückter Bar. Große Auswahl an internationalen Spirituosen, allerdings deutsches Bier ist nicht im Sortiment. In

Gueliz viele Lokale in denen nicht nur Bier ausgeschenkt wird, sondern an Wochenenden regelrechte Saufgelage abgehalten werden. Ich bin sprachlos, Marokko überrascht mich immer wieder. Natürlich ist mir klar, um mit den zuständigen Managern zu verhandeln, benötige ich gewieften Beistand. Die arabische Verhandlungsweise ist mir völlig fremd. Durch unsere direkte und konkrete Verhandlungsweise, verschrecke ich womöglich die entsprechenden Geschäftspartner. Während unserer kleinen Tour im Biergeschäft, kommt es zu einer Diskussion hinsichtlich der unterschiedlichen Geschäftsgebaren. „Ihr Deutschen seit immer direkt und geradeaus." „Auch ehrlich und zuverlässig" „Dafür nehmen wir die Dinge eben leichter Inshallah Allah." „Ist durchaus in Ordnung." „Mach dir keine Sorgen Marion, einen Versuch ist es wert." „Deutsches Bier in Marrakesch zu vertreiben ist schon ziemlich verrückt." „Darum bist du in Marokko." Ernst und korrekt kannst du in Deutschland sein." Lachend setzen wir unsere kleine Erkundungstour fort. Während der nächsten Tage werde ich mit Pilotenkoffer, Preislisten, Prospekten und Bier ausgestattet. In der Zwischenzeit hatte ich Gelegenheit mit Youssef's Schwager Larbi über das angehende Biergeschäft in Marrakesch zu sprechen. Er erklärte sich bereit, mich zu verschiedenen, größeren Hotels, zu begleiten. Natürlich verlangte er eine Provision. Selbstverständlich, schließlich sind wir korrekte Geschäftspartner.

An klapperigen Eselskarren, glänzenden Limousinen, blind fahrenden Taxifahrern und windschiefen Fahrrädern vorbei, brettern wir auf Larbis Moped durch Marrakesch. Nicht leicht in unseren Businessanzügen die Haltung zu bewahren. Das Moped stellen wir vorher an einer sicheren Stelle ab, um uns anschließend als dynamische Verkaufsprofis am jeweiligen Ort zu präsentieren.

**Courage, Courage**

Inzwischen meldet sich Besuch aus Deutschland an. Meine ehemaligen Nachbarn wagen todesmutig eine Reise nach Marrakesch! Die Übernachtung ist reserviert, zum Glück hatte Dominique noch etwas frei. Gemeinsam mit Youssef begebe ich mich zum Bahnhof um Hans abzuholen, der mit dem Zug aus Casablanca ankommt. Helga, seine Frau zieht eine Flugreise vor und landet morgen in Marrakesch.

„Bist du sicher er kommt mit diesem Zug um 21:00 Uhr?" „Ja. Sehr sicher! Etwas ratlos stehen wir in der Wartehalle. Die ankommenden Fahrgäste sind bereits in alle Richtungen verschwunden.

„Vielleicht kommt er mit dem nächsten Zug um 22:00 Uhr!" „Ich bin sicher er sagte 21:00 Uhr!" „Ach was soll`s, gehen wir etwas trinken!"

Wir fahren ins Adamo ein Salon de Thé mit leckeren Süßigkeiten. Ich verstehe es gar nicht, er muss doch angekommen sein." „Falls er den seitlichen Ausgang benutzte, haben wir uns verpasst!" Während wir uns noch wundern,

genieße ich trotz allem die herrlichen Schokotörtchen im Adamo. Youssef's Handy läutet. „Oui, oui D'accord!"
„Was war denn?" „Es war Aida. Mohammed aus der Telefonboutique rief sie an und sagte ihr unser Besuch aus Deutschland sei da." „Woher weiß er denn dass wir Besuch aus Deutschland erwarten?" Hans kam wohl in seine Telefonboutique um dich anzurufen, dabei machte er einen etwas hilfebedürftigen Eindruck, worauf Mohammed ihn ansprach und nach seinem Anliegen befragte. Daraufhin antwortete Hans er suche das Haus der Deutschen mit den roten Haaren.
Sofort konnte Mohammed ihm weiterhelfen. Daraufhin gab er Aida Bescheid, die wiederum wusste wir sind am Bahnhof. „Das Buschtelefon funktioniert hervorragend!" „Kehren wir zum Haus zurück." Später stellte sich heraus, Hans war tatsächlich aus dem Nebenausgang auf den Bahnhofsvorplatz gegangen, während wir in der Wartehalle Ausschau nach ihn hielten.

**Patience, Patience**

„Erinnert ihr euch? Gestern Abend als wir zum Markt gingen?"
„Ein Bettler im völlig zerschlissenen Gewand, auf einer Pappkarton Unterlage liegend, genüsslich an seiner Zigarette ziehend. Neben sich eine Tangine – ein feuerfester Keramiktopf mit Gemüse und Fleisch?" „Er machte einen total zufriedenen Eindruck." Das war tatsächlich außergewöhnlich. Helga, inzwischen per Flugzeug angekommen, schaut immer wieder erstaunt umher. Es ist eine andere Welt. Für Europäer gewöhnungsbedürftig. Auffällig sind die vielen lächelnden oder lachenden Menschen. Eine Welt voller Überraschungen, Tag für Tag. Das macht es so lebendig, bunt manchmal fast unwirklich, jedoch immer wieder heiter. Heute Morgen, leichtfüßig strebe ich dem Centre Artisanal entgegen. Betörender Orangenblütenduft, aus dem nahe gelegenen Park, liegt in der Luft. Schläfrige Katzen in den Mauernischen.

Ein Lastwagen in Richtung Bab Doukkala in langsamer Fahrt auf der anderen Straßenseite. Plötzlich vernehme ich ein freundliches „Bonjour Madame", gehe zielstrebig weiter. Jetzt wendet der Lastwagen, kommt direkt auf mich zu. Stoppt mitten auf der Kreuzung, ein junger Mann entsteigt dem Fahrzeug, erklärt mir er fände mich sehr attraktiv, er hätte gern eine Beziehung mit mir. Verwundert schaue ich in alle Richtungen, womöglich bin ich versehentlich in eine Filmszene geraten? Nichts dergleichen, keine Kamera zu entdecken. Während ich noch völlig überrascht nach Worten suche, kommt ein zaghaftes „oder sind Sie verheiratet?" hinterher. Blitzschnell bin ich verheiratet. „Natürlich bin ich verheiratet, mein Mann erwartet mich bereits." „O – Kurzes innehalten seitens meines Verehrers, aber ihre Telefonnummer könnten Sie mir doch geben?" „Ich denke mein Mann wäre darüber nicht erfreut." Verständnisvolles Nicken. Abschließend jedoch noch die Frage: „Sind Sie mit Ihrem Mann zufrieden?" „Ja. Alles bestens!" Freundlich

verabschieden wir uns voneinander. „Könnt ihr euch so etwas vorstellen?" Verwunderung auf den Gesichtern meiner Freunde. „Das gibt es nicht!"
„In Marrakesch schon!"
„Besonders unter dem roten Mond!"

**Courage, Courage**

Bahia Palast, aus der Ferne gut zu sehen die Storchennester, hoch oben auf den Mauern des ehemals glanzvollen Palais.
Vom Judenviertel aus gehen wir direkt zum Bahia Palast hinüber. Während wir ein wenig in den alten, verwilderten Anlagen umherwandern, erfahren wir von Youssef, das dieser Palast von 1894- 1900 vom Architekten Mohammed al Mekki für Ahmed Ibn Moussa genannt Ba Ahmed Sohn des mächtigen Muhammed IV Abd al Vizir der Alaouiden, gebaut wurde. „Der Alaouiden?" Bemerkt Helga sofort. „Youssef's Familienname El Alaoui?" „Ja. Sein Familienstammbaum geht zurück bis ins 18. Jahrhundert als die Alaoiden eine mächtige Rolle

spielten. Sein Onkel ist derzeit ein angesehener Muezzin in der Koutoubia auf dem Djemaa el Fna. Der zurzeit regierende König Mohammed, entstammt der der Familie El Alaoui. „Sehr beeindruckend, längst vergangenes noch präsent und lebendig. Hans wir müssen unbedingt in die Koutubia, das lasse ich mir nicht entgehen, Youssef's Onkel als Muezzin!" „Wann ist er zu hören!" „Täglich mindestens fünf Mal - zunächst um fünf Uhr früh, danach gegen acht Uhr anschließend zur Mittagszeit, noch einmal um neunzehn Uhr, abschließend um einundzwanzig Uhr." „Zu irgendeiner dieser Zeiten werden wir sicher am Djemaa el Fna sein."

**Patience, Patience**
Später bei unserem Abschiedstee im Mamounia, das größte und exklusivste Hotel in Marrakesch, versichern mir Hans und Helga, der Ruf des Muezzins hätte sie sehr beeindruckt. Mit geht es ebenso. Einmal, ich hielt mich zur Mittagszeit bei Freunden in Sidi Bislima, auf. Ertönte der Ruf des

dortigen Muezzins. Wunderschön, mit weicher und klarer Stimme, engelsgleich. Verzauberte dieser Gesang. Etwas dunkler, wie warme Schokolade, der Ruf des Muezzins der Koutoubia am Djemaa el Fna. Immer wieder eine wundervolle Gelegenheit im alltäglichen Geschehen für einen Moment innehalten um zu lauschen und die Seele ein wenig fliegen zu lassen.

Das alljährliche Opferfest -Ad-al-Adha- steht bevor. Überall und jederzeit begegnen mir Opferlämmer, auf Fahrrädern, auf dem Moped, in Bussen, selbst ausrangierte Kinderwagen bleiben nicht verschont.

Dieser bevorstehende Massenexodus legt sich bleiern auf mein Gemüt. Ich beschließe ans Meer zu fahren, einige Tage in Essouira zu verbringen. Meer, lange Strände, frischer Wind um die Ohren, ungewohntes verarbeiten.

Rasch packe ich einige Sachen in meine Reisetasche und begebe mich zu Fuß zum Busbahnhof Bab Doukkala.

Hier viele Menschen unterwegs zu ihren Verwandten oder Familien. Im Schlepptau ein Opferlamm. Ich frage mich wie sie diese wohl transportieren? Sehr einfach - ab in den Kofferraum zum restlichen Gepäck. Der Bus nach Essouira fährt erst in einer halben Stunde. Zeit genug um die Szenerie rundherum zu beobachten. Menschen im Kaftan oder Tschador, jedoch ebenso westlich gekleidete Männer und Frauen dazwischen immer wieder Opferlämmer. Einige blöcken sind unruhig, zerren an ihren Fesseln an den Beinen, andere stehen geduldig in der Menschenmenge. Jedoch eines fällt mir sofort auf, ein wirklich schönes Tier. Mit Stolz erhobenem Haupt steht es da. Das gedrehte Gehörn gleicht einem Widder. Er strahlt Ruhe und Gelassenheit aus, jedoch wohl wissend dass seine Stunden gezählt sind, dabei schaut er mir geradewegs in die Augen. Es geht durch Mark und Bein, kann meine Tränen nicht mehr zurückhalten. Später während der Busfahrt denke ich noch lange an ihn – wie er würdevoll und stolz seinem Ende entgegen sah.

Am Morgen des 21. Januar sitze ich auf der Hotelterrasse beim Frühstück und schaue über die Dächer. Dabei entdecke ich auf der gegenüber liegenden Dachterrasse eine Familie, die gerade ihr Opferlamm zerlegt. Das Fell hängt bereits zum Trocknen über der Terrassenmauer. Sehr sorgsam werden vom Vater die verschiedenen Fleischstücke und Innereien in unterschiedliche Behälter gelegt. Anschließend tragen die Kinder diese Behälter zur Mutter in die Küche. Es bietet sich mir ein friedliches Bild, einer Familie, deren Nahrung für die nächsten Wochen gesichert ist.

„Al-Hamdullillah - Allah sei Dank"

Diese Erkenntnis erleichtert mir das Verständnis für Traditionen in einer fremden Kultur. Die Tage in Essouira vergehen rasch ich fühle mich wohl. Das Meer, die frische Seeluft, lange Spaziergänge am Strand entlang reinigen Körper, Geist und Seele. Nach einem Streifzug durch den Ort, mit dem typischen Brandgeruch der Opferlämmer, fahre ich frohgemut zurück nach Marrakesch.

Während der Rückfahrt im Bus erinnere ich mich an den Mann, der einige Male, nach meiner Rückkehr zum Haus, lässig an der Wand lehnte mit der Frage: „alles in Ordnung Madame?"
Nach meiner Ankunft in Marrakesch werde ich mit Youssef darüber sprechen. Möglicherweise konnte er etwas in Erfahrung bringen.
Nach diesem Kurzurlaub stürze ich mich mit frischem Elan ins Biergeschäft. Jetzt nach den Feiertagen werden in Hotels und Bars die Vorräte wieder aufgefüllt. Gute Gelegenheit bei dem ein- und anderen nachzufragen. Am nächsten Tag fahre ich ins Büro zu Marianne um einige Werbegeschenke wie T-Shirt, Gläser, Flaschenöffner und Untersetzer abzuholen. Es ist immer wieder das gleiche, Parkplätze gibt es sicher, aber wo? Langsam fahre ich an der Post vorbei, drehe einige Runden und entschließe mich, kurzfristig vor dem Café de la Post zu parken. Rasch hinauf ins Büro. Marianne erwartet mich schon. „Wir haben nicht sehr viel, also teile es gut ein." „Du bist gut, jedes Mal wenn ich meinen

Zweitbesuch mache, stehen schon irgendwelche Aschenbecher, Kerzen und Untersetzer von der Konkurrenz dort. Die lassen sich ihre Geschäfte nicht so einfach vor der Nase wegschnappen. Heute Morgen fand ich mein Auto mit einem Platten auf dem Parkplatz vor!" „Der ist doch bewacht!" „Sehr richtig, trotzdem hatte ich einen Luft leeren Reifen!" „Vor nicht allzu langer Zeit erwähntest du selbst das Biergeschäft kann sich als Goldgrube erweisen, wer lässt sich das vor der Nase wegschnappen?" „Keine Sorge so schlimm wird es schon nicht werden!" „Hoffen wir das Beste!" Rasch packen wir einige Werbegeschenke in einen kleinen Karton. Schnell damit ich mein Fahrzeug an einem sicheren Platz parken kann. Der Toyota mit dem deutschen Kennzeichen ist mittlerweile gut bekannt. „Übermorgen rufe ich dich an – nachdem ich bei den Kunden war!" „Gut bis übermorgen!" Geschwind eile ich mit dem voll bepackten Karton die Treppe hinunter zum Auto. Schleppe den Karton an die Stelle an der mein Fahrzeug von mir abgestellt wurde. Allerdings nichts zu sehen. Wo ist mein Toyota? Gestohlen? Nein ist zu bekannt! „Abgeschleppt? Wahrscheinlich!" Wieder zurück ins Büro mit dem voll bepackten Karton. Marianne wundert sich. „Hast du etwas vergessen?" „Nein, mein Auto ist weg!" „Dein Auto ist weg?" Wie? Gestohlen? „Nein das glaube ich nicht, ist doch viel zu bekannt!" „Ja das stimmt!" „Wahrscheinlich abgeschleppt!" „Ahmed, unser Sicherheitsmann, wird hinunter gehen und den Polizisten an der Kreuzung diesbezüglich fragen." „Vor allen Dingen ruhig bleiben, sonst gibt es noch mehr Ärger!" „Das ist mir mittlerweile klar, ich könnte ihnen den Hals umdrehen, verflixte Bande!"

Ahmed geht auf die Kreuzung zu einem dort stehenden Polizisten. Der erklärt ihm das Fahrzeug wurde soeben abgeschleppt. Dort an der Bordsteinkante befände sich eine gelbe Markierung das bedeutet Halteverbot.

Welche Markierung?"

„Dort an der Bordsteinkante." „Ich sehe nichts!"
„Da war sie mal, jetzt ist sie wohl etwas ausgebleicht!" „Na wunderbar!" „Was mache ich jetzt?" „Das Beste wäre, Youssef fährt mit dir zu diesem Sammelplatz, dich hauen sie sowieso übers Ohr!" „Ahmed, genau das macht mich manchmal richtig wütend!" Zum Glück kommt Youssef ohne zu Zögern sofort mit einem Taxi angefahren. Weiter geht es zur Avenue Allal El Fassi bis zum Ende. Dort erkenne ich einen Bretterzaun dahinter die abgeschleppten Fahrzeuge. Youssef verschwindet für kurze Zeit neben dem Eingang in einer kleinen windschiefen Bude. „Marion, heute Abend erreichen wir hier nichts mehr, wir müssen morgen auf dem Polizeirevier das Ticket bezahlen. Anschließend können wir den Wagen hier auslösen."

„D'accore hast du eine Ahnung wie viel es kostet?" „Vielleicht 500 Dirham." „Hoffentlich bleibt es dabei." „Ich kenne dort jemanden auf dem Polizeirevier, wenn er morgen dort ist, wird alles gut." „Inshallah Allah"

Den nächsten Tag verbringen wir damit, die erforderlichen Formalitäten zu erledigen.
Zu meiner großen Erleichterung geht alles recht zügig von statten. Dank Youssef´s guten Beziehung zur Polizei. Insgeheim bin ich heilfroh mein Fahrzeug Anfang März ausführen zu müssen. Nachdem ich im September einreiste bekam ich eine Fahrerlaubnis innerhalb Marokkos für 6 Monate. Taxifahren ist wesentlich billiger. Hin und wieder etwas nervig, besonders zur Rushhour, letztendlich wohl das kleine Übel.

**Courage, Courage**


Das islamische Neujahrsfest Fati Mouharram am 22. Februar steht bevor. Geschäftiges Treiben überall. Einkäufe werden getätigt, Familienmitglieder aus aller Welt reisen an.
Ein Bruder aus Frankreich - ein Onkel kommt aus USA. Seine jüngste Schwester ist mit einem Belgier verheiratet. Eine eher westlich orientierte Familie. Ich fühle mich sehr wohl in dieser Multikulti Gesellschaft. Interessante Gespräche,

Austausch der verschiedenen Kulturen dabei wird viel gescherzt und gelacht. Plötzlich wendet sich Youssef's Mutter direkt an mich, mit der Frage, woher ihr Sohn und ich - uns kennen?
Das musste ja kommen. Ich wusste es.
Alle, alle einschließlich der langjährigen Haushaltshilfe wollen nun endlich wissen - wie und wo - wir uns kennen gelernt haben. Wir schauen uns an. „Marion erzähl du es, mir glauben sie sowieso nicht!" Es war wirklich komisch. Im Februar, in Gueliz. Ein warmer Spätnachmittag, Menschen in Feierabendstimmung, die Straßen Cafe's voll besetzt. Zielstrebig ging ich Richtung eines Kunstladens. Ein Poster wollte ich erwerben. Just in diesem Moment kam Youssef gemeinsam mit einem Freund des Weges. Sie wollten eine CD in einem Musikgeschäft kaufen. Natürlich blieben ihnen meine roten Haare nicht verborgen. Einige freundliche Worte und Komplimente wechselten hin und her. Anschließend ging jeder in eine andere Richtung davon. Nachdem ich das Poster erstanden hatte, gelüstete es mich nach belgischen

Pralinen. Einige Meter weiter, das mit belgischen Schokoladen Köstlichkeiten, aufwendig dekorierte Geschäft. Jetzt hält mich nichts mehr zurück; dachte ich. Genau in diesem Moment begegnen wir uns ein zweites Mal. Youssef diesmal ohne seinen Begleiter. „Dermaßen Rotleuchtende Haare habe ich noch nie gesehen! Darf ich sie mal anfassen?" Diese kindliche, direkte Frage entlockt mir ein Lachen. „Warum nicht, bitte sehr!" Zart lässt er einige Haarsträhnen durch seine Finger gleiten. Vorüber eilende Menschen schauen leicht irritiert. Mitten auf dem Gehweg stehend ein schlanker, großer Mann, vor ihm stehend, eine schlanke zierliche Frau, deren roter Haarschopf der intensiven Betrachtung des Mannes ausgesetzt ist. „Sind Sie Friseur?" Nein sei er nicht. „Dann können sie meine Haare jetzt wieder loslassen." Wenn ich ihm sage was ich in Marrakesch mache. Aroma-Therapie und Fußreflexzonenmassage. Darauf kam von ihm die Frage: „Hätten Sie ein wenig Zeit?" „Eigentlich wollte ich in die belgische Schokoladenboutique." Es dauert nicht lange er wolle mir etwas Interessantes zeigen. Das machte mich neugierig. Was es denn sei frage ich zurück. Im Hivernage hätte ein neuer, moderner Spa mit Aroma-Therapie, gerade eröffnet. Natürlich interessiert es mich sehr. Hotel Hivernage - das nobel Hotel in Marrakesch. Ein Taxi bringt uns zum schicksten und modernsten Hotel. Charmant verhandelt Youssef mit der Empfangsdame, die daraufhin eines der hübschen Mädchen anweist, eine Besichtigungstour mit mir zu machen.

Die Einrichtung ist auffallend modern auf höchstem Niveau. Ich bin begeistert. Später gehen wir in die sehr geschmackvoll eingerichtete Bar. Die Möbel hätte sein Schwager entworfen und konstruiert. Jetzt schaue ich sehr skeptisch, in seiner Begeisterung mich zu beeindrucken, stapelt er ziemlich hoch. Falls ich ihm nicht glaube, er bemerkt wohl meinen zweifelnden Blick, können wir morgen zu ihm in die Firma fahren. Warum nicht, jetzt sind wir für den nächsten Tag verabredet. In dem Moment lacht Didier sein

Schwager. „Die zwei kamen tatsächlich am nächsten Tag zu mir, glücklicherweise hatten wir gerade einen kleinen Ausstellungsraum für unsere verschiedenen Möbelstücke eingerichtet." „Nun aber zu Tisch!" Während unserer Unterhaltung wurde das Essen aufgetragen. Viele Salate in verschiedenen Variationen, Fleischspieße vom Lamm, für mich Huhn und viele andere Leckereien Wir tafeln in munterer Runde bis nichts mehr - aber auch wirklich nichts mehr geht. Eine echte arabische Fest- Tags -Völlerrei! Sehr viel später als wir uns gerade verabschieden wollen, kommt Maurice zu uns, stellt sich wie ein Friedensrichter mit ernster Miene vor Youssef und fragt ihn ob er mich liebe. Ohne zu zögern antwortet Youssef „Qui biensure" - ja sicher" Er blickt mich an und du - liebst du ihn?

„Qui" mit einem Kloß im Hals, mir ist nicht ganz wohl vor der versammelten Familie meine persönlichen Gefühle zu offenbaren. In diesem Moment wünsche ich mir einen fliegenden Teppich herbei. Der leider nicht auftaucht. Maurice lässt

nicht locker. Dann ist ja alles klar, warum heiratet ihr nicht? Betretenes Schweigen meinerseits. Blitzschnell reagiert Youssef; „Lieber Bruder du kennst die Behörden, es dauert eben seine Zeit, all die erforderlichen Papiere zu beschaffen."
Behörden sind von einem anderen Stern, ich hoffe die Papiere erreichen uns nie. Als Scheherazade im goldenen Käfig zu leben - ist nicht das Ziel meiner Träume. Mein Leben steht schon ziemlich Kopf. Natürlich versteht Maurice mit den Behörden ist eben nicht zu spaßen. Fluchtartig verlasse ich das gastliche Haus.

**Courage, Courage**

Grenzenloser Sternenhimmel, betörender Duft des Jasmins, fernes Trommeln vom Djemaa el Fna. Gemächlich geht die Fahrt durch das nächtliche Marrakesch. Behutsam nimmt Youssef meine Hand, küsst sie zart. „Marion, je t'aime vraiment."Du bist das Beste was mir in den letzten Jahren begegnet ist."

Beseelt und ein wenig trunken von all dieser orientalischen Wärme- erwidere ich – gut dass Ramadan vorüber ist. Fahren wir ins Maison Bleue. Leise öffnen wir die Tür, vorsichtig taste ich nach dem Lichtschalter, plötzlich bemerke ich den kleinen Yorkshire auch Mini Rambo genannt. Wir schauen uns an, platzen fast vor Lachen. „Jetzt sag bitte nicht das Wort, du weißt schon, flüstere ich ihm zu." Leider zu spät, schon passiert, jetzt ist der Teufel los. Mini Rambo ist nicht mehr zu bremsen, zerrt an Youssefs Hosenbeinen, bellt und knurrt wie ein Labrador. Sofort erscheint Jenny um ihr Hündchen zu beruhigen bevor es vollends in Blutrausch gerät. Dominique schreckt aus ihrem Tiefschlaf. „Was ist denn los?" „Jenny's Hund ist auf Youssef losgegangen!" „Mon Dieu." Um die aufgeschreckten Gemüter zu beruhigen fragt Youssef in die Runde: „Möchte jemand Tee?" Dankbar nehme ich an. Eine gute Tasse Lavendel Tee! Während wir unseren Tee trinken, berichtet Jenny vom Open Air Filmfestival auf dem Djemaa el Fna. Morgen Abend wird ein Film über das

Leben des Dalai Lama vorgeführt. Ein Film über den Dalai Lama auf dem Djemaa el Fna? Das möchte ich mir ansehen. Außerdem, ergänzt Jenny, David Beckham sei im „La Mamounia" abgestiegen sowie einige Prominente aus der Film- und Modebranche.

Das Spektakel lasse ich mir nicht entgehen. Morgen Abend auf dem Djemaa el Fna. Allerdings werde ich mich jetzt zur Ruhe begeben, sonst kommen wir gar nicht mehr ins Bett.

„Bonne nuit allerseits - bis morgen!"

Eisiger Wind weht über den Platz. Aus der Ferne leuchtet die überdimensionale Leinwand herüber. Menschen aller Couleur versuchen einen möglichst guten Platz davor zu erhaschen. Plötzlich, während ich mich durch die Menge schiebe, erkenne ich meine Freundin Bouchra mit ihrer Schwester Naima. Große Freude allerseits, gemeinsam installieren wir uns nahe vor der Leinwand. Während der Filmvorführung schaue ich mich diskret in der Menge um. Mit großem Interesse verfolgen die Menschen das Filmgeschehen.

Zwei unterschiedliche Kulturen prallen aufeinander. Hier Kaftan und Tschador – dort ein Buddhist im orange farbigen Mönchsgewand. Dicht neben mir, eine große Gestalt im schwarzen Tschador, völlig verschleiert, ein Mann? Von Statur eher männlich als weiblich. Möglicherweise Monsieur Lagerfeld Inkognito? Während ich fröstelnd in der Menge stehe, bemerke ich Youssef in einiger Entfernung, winke ihn zu mir herüber. Sofort steht er hinter mir - nimmt mich wärmend in die Arme. Nachdem der Film beendet ist, schlendern wir gemeinsam mit meinen Freundinnen hinüber zu Rafik, der schlotternd vor Kälte in seiner Nuss-Dattel-Boutique, auf späte Kundschaft hofft. Lebhaft berichten wir ihm vom gerade gesehenen Filmfestival. Sehr interessiert hört er sich unsere Ausführungen an, jedoch die nächtliche Kälte treibt uns Heimwärts, gemeinsam machen wir uns auf den Weg. Während wir die beiden Schwestern zu einem Taxistand begleiten, verabreden wir uns für den nächsten Nachmittag zu einem Ausflug in den botanischen Garten, Jardin

Majorelle. Ein traumhafter Park angelegt von dem Franzosen Jacques Majorelle, seit 1947 für die Öffentlichkeit zu besichtigen. Schwatzend stehen die beiden Mädchen bereits vor dem Eingang. Ich hatte mal wieder Probleme mein Auto zu parken - mangels Platz. Natürlich kein Parkwächter weit und breit, allerdings beim Abfahren stehen sie plötzlich vor einem, um zu kassieren. Deswegen werden sie auch Champion genannt, erklären mir Bouchra und Naima. Nachdem wir am Kassenhäuschen unsere Eintrittskarten erwarben, begeben wir uns in den Park. Staunend betrachten wir die botanische Opulenz. Bewundern die wunderschönen Wasserlilien und Lotosblumen. Danach suchen wir die etwas versteckt liegende Teestube im Grünen. Neben dem leuchtend blau bemalten, ehemaligen Atelier – des Modedesigners Yves Saint Laurent- werden wir pfündig. Verschiedene, außergewöhnliche Teesorten, werden dort von freundlichen Bedienungen serviert. Stunden könnte ich hier verweilen, ein Ort der Ruhe und Magie.

Gleichsam ergeht es meinen beiden Freundinnen. „Was haltet ihr davon uns hier einschließen zu lassen?" „Über Nacht hier bleiben im Geheimen verborgen?" Fragt Bouchra zurück. „Ja. Warum nicht? Ein verwegener Gedanke!" Doch die heran kriechende Kälte - belehrt uns eines Besseren. Langsam schlendern wir zum Ausgang.

„Kommst du mit zu uns, unsere Mutter würde dich gerne einmal Wiedersehen. "Sofort willige ich ein. Gemeinsam gehen wir zu meinem Fahrzeug. Dort, natürlich wie sollte es auch anders sein, steht bereits ein selbst ernannter Parkwächter. Naima stellt sich direkt vor ihn mit dem Spruch eines Weisen: „ein freundliches Gesicht ist besser als Kisten voller Gold." Mit unseren freundlichsten Gesichtern schauen wir ihn an. Monsieur Parkwächter bedankt sich und verschwindet im Nichts. Fröhlich fahren wir in Richtung Djemaa el Fna davon. Später im Hause meiner Freundinnen amüsieren wir uns noch königlich, wie wir den Parkwächter mit unseren freundlichsten Gesichtern entlohnten. Weit nach Mitternacht begebe ich mich zurück nach Marrakesch. Gerne hätte ich bei meinen Freundinnen übernachtet. Allerdings bin ich bereits für den morgigen Vormittag mit einer Gruppe Amerikaner verabredet, die ich durch den Souk führen werde. Die Nachtleeren Straßen ziehe ich der morgendlichen Rushhour vor. Langsam fahre ich vom M'hamid Viertel in Richtung Menara von dort weiter zum Place de la Liberté. Vor mir eine Traumkulisse, Palmen fächern mir frische Nachtluft entgegen, „la Mamounia" in festlicher Beleuchtung, die Koutoubia-Moschee aus der Ferne majestätisch grüßend. Frohgemut fahre ich Bab Doukkala entgegen, jedoch am Kreisverkehr ein einsam stehender Polizist. Mein Adrenalin steigt. Sollte ich es einmal mit unserem Zauberspruch versuchen? Ohne Umschweife kommt er direkt zur Sache. „Madame sie haben die Vorfahrt missachtet." Weit und breit kein anderes Fahrzeug außer mir. In aller Freundlichkeit erkläre ich ihm: „ein freundliches Gesicht sei mehr wert als Kisten voller Gold."

„Davon könnten seine Kinder nicht satt werden, erklärt er mir in ruhigem Ton. Verstehe, jetzt erkläre ich ihm dass ich mein Geld auch schwer verdienen müsse, das Biergeschäft lieber nicht erwähnend. Nach einigem verhandeln einigen wir uns schließlich auf 20 Dirham. Langsam setzte ich meine Fahrt in Richtung Bab Doukkala fort. Insgeheim sehr froh darüber mein Fahrzeug in einigen Tagen außer Landes zu bringen. Während ich die Haustür zum Maison Bleue öffne, vernehme ich wieder dieses „alles in Ordnung, Madame?" „Ja, Ja alles in Ordnung, rasch verschwinde ich im Haus. Morgen werde ich unbedingt mit Youssef darüber sprechen. Irgendwie seltsam - jedoch nicht bedrohlich. Um in einem fremden Land vertraut zu werden, braucht man einen abgeschlossenen Raum. Dieser Raum soll still sein. Vor einem Tore stehen zu bleiben, zu dem man den Schlüssel in der Tasche hat, und aufzusperren ohne das es eine Menschenseele stört. Ich trete in die Kühle des Hauses und mache das Tor hinter mir zu.

Mit mir und der bunten, schwirrenden Vielfalt der Gedanken allein. Immer wieder Himmel und Hölle in rasanter Abwechslung. Nicht zu vergessen diese ruhige Liebenswürdigkeit immer und überall.
Verschlafen kommt mit meine Katze entgegen.
Sie verkörpert die Lautlosigkeit nach der ich mich manchmal nach der Hektik des Tages sehne.
Ich bin dankbar dafür dass sie lebt. Sie wird gefüttert, ohne dass sie tausendmal am Tag „Allah" ruft.

**Patience et Courage**

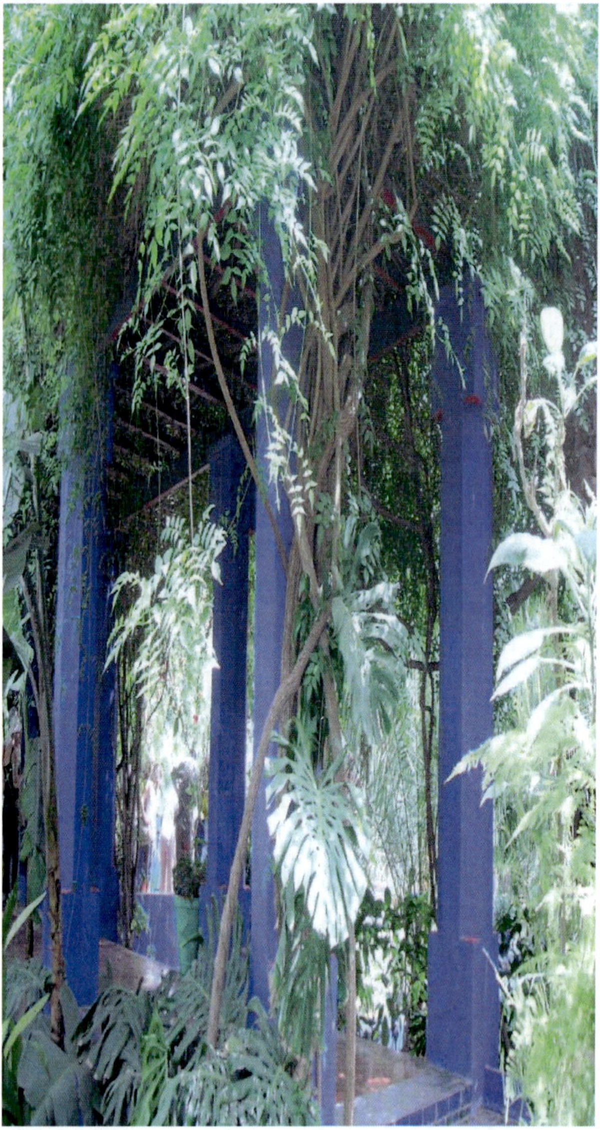

**Courage, Courage**

In einer kleinen Konditorei in Sidi Bislima, bei einem Sahnigen Milchshake, erzähle ich Youssef von diesen nächtlichen Begebenheiten. Er habe sich bereits umgehört, es sei der Sicherheitsbeauftragte des Viertels. Es gäbe ein Büro dort seien die Fremden registriert. Großes Erstaunen meinerseits. Es würden auch An- und Abflüge kontrolliert. Aufenthaltsgenehmigungen überwacht. Mit kugelrunden Augen schaue ich ihn an. Also nicht nur der allmächtige Allah wacht über uns. Sehen wir es mal positiv – so verschwindet niemand einfach von der Bildfläche. Der Großmächtige, wer immer es auch sein mag, hält beschützend seine Augen auf. Bei unserem nachmittäglichen Plausch beschließen wir eine Abschiedsfahrt, mit dem Toyota, in die Berge zu fahren. In einigen Tagen werde ich mein Fahrzeug nach Deutschland zurück bringen.
Die Variante über Ceuta schlage ich aus - da ich zukünftig lieber per Taxi unterwegs sein möchte.

## Patience, Patience

Grillen zirpen, Wasser fließt glucksend an uns vorüber, friedlich in der Nähe grasend eine Schafherde. Fast zum Greifen nahe das Atlasgebirge auf Tuchfühlung.
Wir wandern in einem trockenen Flussbett, Steine suchend, wie ausgelassene Kinder hüpfen wir umher. Später bei einem romantischen Dinner, in der Auberge Ramuntcho, erleben wir die Berge noch einmal rot glühend in allen Facetten. Kühler Nachtwind und Sternen klarer Himmel begleiten uns zurück nach Marrakesch. Still sind wir geworden, sanft berühren sich unsere Fingerspitzen, Melancholie breitet sich wieder einmal aus. Nach unserer Ankunft in Bab Doukkala, stellen wir das Auto an dem bewachten Parkplatz ab, verabschieden uns zärtlich voneinander. Nachdenklich geht jeder in eine andere Richtung davon. Die nächsten Tage verbringe ich viele Stunden im Souk, Geschenke für Freunde und Verwandte einkaufen. Dominique

erteilt mir gute Ratschläge: „Diesmal ist die Mütze wohl nicht erforderlich aber halte bitte nur an belebten Plätzen. Nimm um Gottes willen niemanden mit! Fahr möglichst früh hier fort dann erreichst du Ceuta am Abend. Falls dich jemand Anhält durch irgendwelche Zeichen halte die Türen und Fenster geschlossen. Denke immer daran du bist allein unterwegs." Sie hat in allen Punkten völlig Recht und ich bin froh, dass sie mich noch einmal daran erinnert. Es ist nun mal eine andere Kultur in einer uns fremden Denk- und Handlungsweise.
Danke liebe Freundin.

**Courage, Courage**

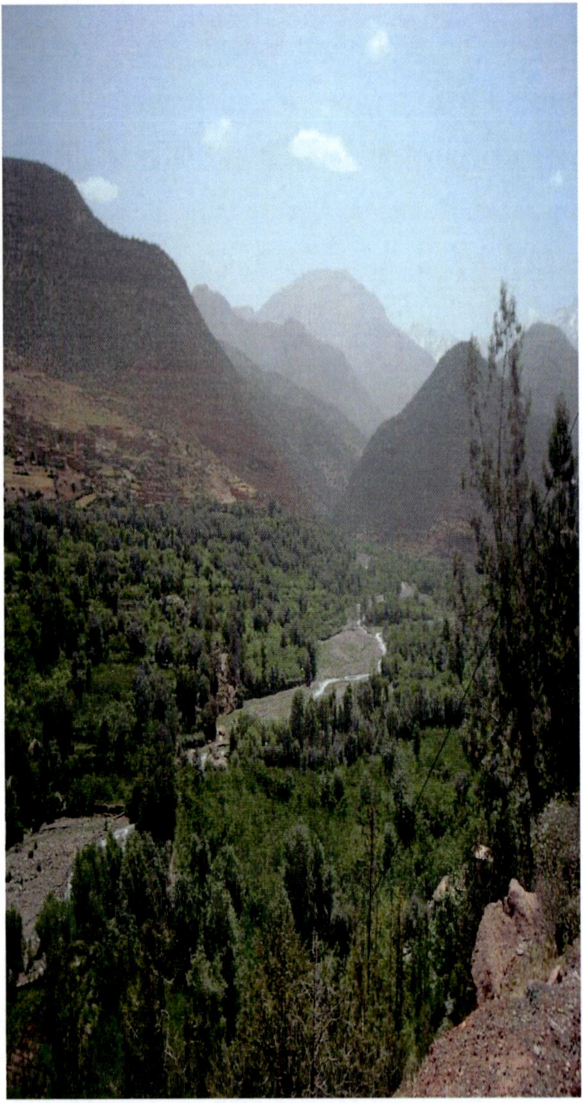

Kurz vor meiner Abreise verstauen wir das Gepäck im Fahrzeug dabei bemerken wir ein defektes Scharnier an der hinteren Tür, leider nicht mehr zu schließen. Es hilft alles nichts das Auto muss in die Werkstatt. Die Türen müssen verschließbar sein. Der Schaden komplizierter als angenommen. Endlich, zwei Stunden später, die Tür ist in der richtigen Position und wieder abschließbar. Nervös packe ich die restlichen Sachen ins Auto. Nachmittagssonne breitet bereits ihre länger werdenden Schatten aus. Am Abend sollte ich in Ceuta sein. Eile ist geboten. Herzliche Verabschiedung von meinen Mitbewohnerinnen, Nachbarn winken hinterher. Youssef begleitet mich ein Stück des Weges. Stumm fahren wir bis zum Hotel Compaville, trinken noch einen Kaffee zum Abschied, finden kaum Worte um die Situation zu erleichtern. An der Abzweigung, Riad Salame Route de Casa, verabschieden wir uns mit Tränen in den Augen. Youssef geht langsam zum Haus seiner Mutter, ich fahre in Richtung Casablanca davon. Je weiter ich mich von der Stadt entferne umso leichter wird mir ums Herz. Unterwegs saftig grüne Wiesen, Frühlingsblumen, eine bunte Pracht soweit das Auge reicht. Langsam lässt die Anspannung nach. Fühle mich leicht und beschwingt. Die herrliche Landschaft, Frühlings milde Luft von Hügeln aus der Umgebung, weht zu mir herüber. Einige Stunden später nähere ich mich Tanger. Im Dunst verabschiedet sich die Sonne in leuchtendem Rot. Danach rabenschwarze Nacht. Weiter geht die Fahrt durch die Berge in Richtung Ceuta. Plötzlich, wie aus dem Nichts, ein Polizist, mir wird ein wenig unwohl zumute, erinnere mich an die Worte meiner Freundin." Halte Türen und Fenster verschlossen" Blitzschnell verriegele ich die Tür, öffne das Fenster minimal. Liebenswürdig werde ich gefragt wohin die Reise geht?" Ich fahre nach Ceuta um dort mit der Fähre nach Spanien zu reisen. Dann solle ich sehr vorsichtig sein und möglichst unterwegs nicht anhalten. Wird mir eindringlich geraten. Abschließend noch die Frage „Sind Sie Französin, Madame?" Vorauf ich verneine, ich bin Deutsche. Erstaunt schaut er etwas näher ans Fenster. „Sie sprechen sehr gut Französisch." „Merci Monsieur!" Freundlich verabschieden wir uns voneinander wobei er mir noch gute Weiterfahrt wünscht. Erleichtert setze ich die Fahrt fort.

**Courage, Courage**

Aus der Ferne schon gut zuerkennen Ceuta. Auf einem Felsen direkt über dem Meer in romantischer Nacht Beleuchtung. Diesmal geht alles einfach und rasch. Es ist bereits Mitternacht die Grenzer sind müde. Ich fahre direkt in die ruhige verschlafene Stadt um mich dort wieder im „La Boheme" ein zu quartieren. Youssef hatte mehrmals angerufen um sich zu vergewissern das alles in Ordnung ist, er kann jetzt ruhig schlafen, ich bin wohlbehalten in Ceuta angekommen. Am nächsten Morgen schiffe ich mich auf die Fähre nach Algeciras ein. Während wir in der Warteschlange stehen, fallen mir einige junge Burschen auf die versuchen unter die Fahrzeuge zu kriechen umso als blinde Passagiere nach Spanien zu gelangen. Ich hoffe inständig mein Fahrzeug eignet sich nicht für solche Mitfahrer.

**Courage, Courage**

Nach kurzer Überfahrt erreichen wir Algeciras. Von dort aus starte ich meine Reise quer durch Spanien in Richtung Barcelona. Übernachte in einem kleinen Badeort danach geht es unverzüglich weiter nach Montpellier.
Dort besuche ich Youssef's Bruder und dessen Familie. Anschließend weiter quer durch Frankreich. Freunde in Djion erwarten mich bereits. Starker Schneefall im März! Zwingen mich einige Tage abzuwarten. Ausgeruht und wohlgemut begebe ich mich auf die Fahrt nach München. Unterwegs immer wieder heftige Schneefälle. Es ist unglaublich im März noch Winter! München im Schneechaos! Meine marokkanischen Freunde glauben ich mache Witze! Leider nicht. Nach einigen Urlaubstagen bei meinem Sohn in Schwabing, stelle ich mein Fahrzeug sicher bei

Freunden ab. Nachdem ich ein sehr günstiges Flugticket ergatterte, fliege ich wenige Tage später zurück in meine Wahlheimat Marrakesch. Rote flimmernde Erde, warme trockene Luft, Palmen und Oleander grüßen frisch herüber. Das reinste Kontrastprogramm: München Schnee überall - Marrakesch Palmen und Blüten in Hülle und Fülle. Langsam schreite ich zur Ankunftshalle hinüber. Diesmal werde ich Dominique treffen, sie kam kurz vor mir aus Bordeaux zurück, von einem Besuch bei ihren Eltern. Wieder einmal heißt es:

**Patience, Patience**

Während ich noch geduldig auf meine Passkontrolle warte, komme ich mit einem hinter mir stehenden, älteren Herren ins Gespräch. Aus USA angereist sei er, besuche seine Mutter die einen kleinen Riad besäße, jetzt aber leider nicht mehr in der Lage ist die Geschäfte zu führen. Seine in Amerika lebende Familie hätte kein Interesse an diesem Riad. Erstaunt schaue ich ihn an. Was habe ich damit zu tun? Er habe beobachtet wie glücklich ich hier ankomme. Er kenne mich natürlich nicht, würde sich sehr gerne mit mir unterhalten. Kurzes Zögern meinerseits. Daraufhin fügt er hinzu: bezüglich des Riads - vielleicht wäre es interessant für Sie. Warum eigentlich nicht? Wir tauschen unsere Telefonnummern aus und verabreden uns für übermorgen. Aufgeregt winkt mir Dominique schon aus der Ankunftshalle zu. Einige Minuten später umarmen wir uns freudig. Gemeinsam nehmen wir ein Taxi ins Maison Bleue. Dort erwartet mich ein Strauß dunkel roter Rosen, von Youssef gut sichtbar, auf dem runden Küchentisch dekoriert. „Danke Youssef" Später am Abend kommt er kurz herein, eine Gruppe aus Lyon sei gerade angekommen, leider muss er sich um seine Gäste kümmern. Natürlich - verstehe ich gut, die Urlaubs Saison beginnt. Youssef küsst mich sanft auf den Mund und flüstert: Je t'aime, morgen Abend gehen wir ins „Marrakchi."

Ein opulent orientalisches Speiselokal mit Kerzenbeleuchtung am Djemaa el Fna. Glückselig begebe ich mich zu Bett.

Strahlender Sonnenschein, flimmernde Luft, Vogelgezwitscher im Hintergrund leise rauschender Verkehrslärm der Avenue Mohammed V. Wir sitzen im Meeting Raum eines Geschäftsgebäudes um einige Strategien für das Biergeschäft zu erörtern. Während meiner Abwesenheit hatte ein Training, einer bekannten Biermarke, in Marrakesch stattgefunden. Marianne hatte zu diesem Zweck einige Damen und Herren eingestellt um kleine und größere Lokale in und um Marrakesch zu beliefern. Ein Nachtlokalbesitzer beschwerte sich, er hätte zu viel geliefert bekommen, falls wir es nicht umgehend abholen würde er das Bier vor seinem Lokal auf die Straße schütten. Das möchte ich sehen! Niemals wird er das Bier auf die Straße kippen. Eine neue Masche einen Preisnachlass zu erhalten? Wir beschließen ihm im Rahmen einer Werbeaktion, das Bier kostenlos zu überlassen, das eingravierte Verfallsdatum wohlweislich nicht erwähnend. Anschließend werde ich von Marianne gefragt, ob ich einen Werbestand in der Metro, dem internationalen Supermarkt für Großeinkäufer, aufstellen würde. Ich könne zwei Mädchen engagieren, mit T-Shirt und Kappen ausstatten, um so für unsere Biersorten in der Metro zu werben. Die Idee an sich gefällt mir. Allerdings möchte ich mich gerne vorher einmal in dem Supermarkt umschauen. Morgen werde ich mir die Location genauer ansehen um eine Verkaufsstrategie auszuarbeiten. Langsam begebe ich mich auf den Rückweg zum Maison Bleue. Schlendere gemächlich durch den Cyper Park mit seinen nachmittäglichen Besuchern und Eisverkäufern. Heute Abend gehen wir ins Marrakchi! Vorfreude und der betörende Duft der Orangenblüten begleiten mich nach Hause. Wie immer erwartet uns der als Pascha kostümierte Türsteher des Lokals. Wir erklimmen die schmale Treppe zum ersten Stock in das mit rotem Samt und Seide ausgestattete Restaurant. Leuchtende Kerzen auf

allen Tischen. Leise, melodische arabische Musik rundet die Orient-Opulenz fast überirdisch ab.
Während des Dinners komme ich auf den netten Herrn vom Flughafen zu sprechen. Erzähle Youssef von dem Riad der alten Dame. Aufmerksam hört er meinen Ausführungen zu. Warum nicht, eine Besichtigung könne doch nicht schaden.
Gut, besuchen wir die Dame und ihren Sohn aus Amerika. Allerdings morgen fahre ich zunächst in die Metro um einige Voraussetzungen für einen Werbestand in Erfahrung zu bringen. Das passt perfekt, Youssef begleitet morgen eine Gruppe in die Palmerie. Nach diesem" 1001 Nacht-Dinner" bummeln wir über den bereits verschlafen wirkenden Djemaa el Fna. Schon stehen wir vor der blau-weißen Tür, schauen uns an uns brechen in lautes Gelächter aus: „Der Hund?" „Er ist in Ferien, Jenny ist mit ihrem Mini Rambo nach Frankreich gereist." Kichernd öffnen wir und schleichen uns leise in mein Zimmer. Diesmal sind wir ernsthaft bei der Sache und Dominique wird nicht gestört. Am nächsten Morgen stehe ich vor

dem Haupteingang des Großhandel Supermarktes. Mein Handy läutet: „Oui?" Marion bist du es?" „Ja" „Hier ist Sabine aus München, wo bist du denn gerade?" „Ich stehe vor dem Metro Supermarkt in Marrakesch!" Kurzes Auflachen. „Du machst Witze, da wäre ich auch gern." Aber jetzt mal im Ernst." „Sag ich doch vor der Metro in Marrakesch!" Tatsächlich?" Wie ist es dort?" „Links von mir drei große Palmen, davor eine bunte Blumenrabatte, 30 Grad trockenen Wärme und freundliche Menschen. Besser könnte es gar nicht sein." „Das ist ja irre, du in Marrakesch!" „Ja bin ich und werde auch noch eine Weile bleiben!" „Vielleicht besuchen wir dich Mal." „Von mir aus gerne!" „Ich kann es immer noch nicht glauben." Freundlich verabschieden wir uns wobei sie immer noch murmelt „Marrakesch so was." Nachdem ich dem Verkaufsdirektor einen kurzen Besuch abstattete, sehe ich mich ein wenig in dem Großmarkt um. Schaue nach in welchen Regalen unsere Biersorten platziert sind. Dabei fallen mir besonders eifrig, hin und her eilende, junge Männer auf. Der graue Kittel mit dem auf gedruckten Logo „la Vache qui rit" eine französische Käsemarke, die lachende Kuh, scheint ihre Arbeitsbekleidung zu sein. Diese kleinen lachenden Kühe sind besonders im Einsatz zwischen 19.00 Uhr und 21.00 Uhr. Wieselflink verstauen sie einige Flaschen Bier zusammen mit dem billigsten Schnaps in kleine Kartons, um diese vor dem Supermarkt bereits Wartenden, mit geringem Aufpreis weiter zu verkaufen. Sehr geschäftstüchtige Burschen. Das Gespräch mit dem Verkaufsdirektor war leider nicht sehr ergiebig, ich müsse nach Casablanca, dort hätte der für uns zuständige Direktor sein Büro. Jedoch zunächst bin ich mit dem netten Herrn vom Flughafen und seiner Mutter am späten Nachmittag verabredet. Zielstrebig schlängele ich mich durch das früh abendliche Treiben auf dem Djemaa el Fna. Begebe mich in Richtung des alten Sklavenmarktes von dort weiter vorbei an der Moschee Mouassine zur Rue Amnesfah. Nach einigem Suchen entdecke ich den kleinen Derb mit der alten, etwas in die Jahre gekommenen, Holztür.

Nach einmaligem Klopfen öffnet sich die Tür. Eine ältere Hausangestellte führt mich durch den Riad im orientalischen Shabby Chic, in ein kleines, mit wuchernden Blumentöpfen und hinreißenden Fließen Mosaiken, angelegtes Gärtchen. Dort erwarten mich bereits, bei einem Minztee, Monsieur El Khalid und seine betagte Mutter. Freundlich mit dunklen, blitzenden Augen werde ich wohlwollend gemustert. Wir sind uns auf Anhieb sympathisch. Monsieur El Khalid erklärt mir ohne Umschweife, sie seien eine kleine arabische Familie, nur ihre Mutter lebe noch hier in Marrakesch. Natürlich möchte sie nicht mehr fort von hier. Die restliche Familie in USA habe kein Interesse an diesem Riad.

Aufmerksam höre ich seinen Ausführungen zu. Allerdings kaufen könne ich den Riad nicht – mangels Kapital. Das sei auch nicht das Problem. Zunächst sei es sehr wichtig die Mutter gut versorgt und behütet zu wissen. Ich solle als Geschäftsführerin ein kleines Gehalt bekommen, ansonsten wäre es mir überlassen die

Angelegenheiten des Riads selbständig zu führen. Er habe den Eindruck ich sei zuverlässig und ehrlich; so könne er unbesorgt zu seiner in USA lebenden Familie zurückkehren. Auf jeden Fall hätte ich das Vorkaufsrecht im Falle einer Veräußerung. Ein wenig schwirrt mir der Kopf, so mir nichts dir nichts einen Riad am Hals? Einen Tag Bedenkzeit bitte ich mir aus. Das sei selbstverständlich! In liebenswürdiger Weise plauschen wir noch ein wenig über unsere Familien - tauschen uns aus. Warmherzig werde ich verabschiedet und schlendere langsam in Richtung Djemaa el Fna davon. Spontan entschließe ich mich zu einem Abendessen auf dem belebten Platz. Täglich bieten hier ab 20:00 Uhr viele Garküchen ihre Gerichte lautstark feil. Immer wieder ein einzigartiges Schauspiel. Töpfe, Pfannen, Tische und Bänke werden blitzschnell herbei gekarrt. Auf Gaskochern gekocht und gebrutzelt. Später gegen 24.00 Uhr alles ebenso geschwind abgebaut und an einem sicheren Platz untergestellt. Am nächsten

Abend das gleiche Spiel von vorn. Flexibilität und Improvisation in höchster Vollendung.

Am nächsten Morgen bei einem französischen Café au lait berichte ich Dominique von dem Angebot einen kleinen Riad zu führen. Selbstverständlich solle ich einen Vertrag mit allen für mich wichtigen Punkten abschließen. Unser Hausvermieter, Notar und Rechtsanwalt, könne sicher ein dementsprechendes Schriftstück für mich aufsetzen. In Sachen Organisation und Administration wäre sie mir durchaus behilflich.

„Sag mal ehrlich, das Biergeschäft ist doch nicht unbedingt das non plus Ultra?"

Abenteuerlust und Neugier trieben mich dazu. Allerdings meine Zusage, einen Werbestand in der Metro auf zu bauen, werde ich mit Sicherheit einhalten. Hektik beherrscht die kommenden Tage. Termine beim Notar. Ausführliche Gespräche mit Monsieur Khalid. Außerdem hätte ich gern meine Freundinnen Bouchra und Naima, als Köchin und Zimmermädchen, dabei. Ihre Mutter ist

überglücklich – für sie eine große Beruhigung die beiden Mädchen gut untergebracht zu wissen.
Wenige Tage später sitze ich im Zug Richtung Casablanca. Ruhige Mitreisende, hier und da werden einige Höflichkeiten ausgetauscht, eine angenehm verlaufende Bahnfahrt. Später vom Hauptbahnhof nehme ich mir ein Taxi zum Metro Hauptgebäude. Während der Fahrt berichtet mir der Taxifahrer es sei ein Tsunami für Casablanca vorausgesagt worden. Ein Tsunami hier?
Sehr skeptische schaue ich ihn von der Seite an.
„Qui Madame, in allen Internetberichten erscheinen Meldungen, haben Sie es nicht gelesen?" „Nein. Ich habe keine Ahnung!" „Viele Einwohner unserer Stadt sind bereits nach Frankreich geflüchtet!" „Ist das nicht ein wenig übertrieben?" „Non Madame ich würde auch lieber heute als morgen abhauen!" „Ehrlich - ich glaube nicht so recht daran!" „Madame besser in Sicherheit als ertrunken!" „Das stimmt auch wieder!" In der Zwischenzeit stehen wir auf dem Parkplatz des Metro Supermarktes. Freundlich

verabschieden wir uns voneinander. Allerdings, „Madame denken sie an meine Worte" begleitet mich bis zum Eingang. Dort frage ich mich zum Büro des Verkaufsdirektors durch. Sehr ausführlich, in charmanter Art und Weise, erklärt er mir alle Einzelheiten bezüglich unseres Werbestandes in den verschiedenen Metro Märkten. Wieder einmal große Überraschung meinerseits. Im Grunde das gleiche Procedure wie in Deutschland.

Bei unserer Verabschiedung frage ich ihn, ob er Sicherheitsvorkehrungen getroffen habe, falls das Tsunami Gerücht nicht nur ein Gerücht ist. Seine Familie habe er bereits ins Hinterland gebracht, nach Marrakesch, dort wären sie sicher. Hoffen wir das Beste. Während meiner Rückreise am Nachmittag, kreisen meine Gedanken immer wieder um dieses Gerücht. Dabei erinnere ich mich an ein Gespräch, bereits Anfang dieses Jahres, berichtete mir eine deutsche Freundin – „eine große Flutwelle würde über Nordafrika hereinbrechen." Sollte doch etwas Wahres an

diesem Gerücht sein? Jetzt diese Information im Internet - irgendwie beunruhigend. Nach meiner Rückkehr in Marrakesch nehme ich den Weg durch den Souk Bad Doukkala. Geschäftiges Treiben überall – Gewürzhändler haben wohlriechende Kräuter zu dekorativen Häufchen getürmt. Es reihen sich Bäckerei, Obst und Gemüsestände dicht aneinander. Etwas abseits, in einer kleinen Nische, ein Gemüsestand wie aus dem Mittelalter.
Der Besitzer ein älterer, drahtiger Herr mit blitzenden Augen und überirdischem Charme. Dort erstehe ich noch einige Tomaten, winzig klein, jedoch mit solcher Liebenswürdigkeit an mich überreicht, als wären sie vergoldet. Beschwingt gehe ich mit meinen Goldtomaten weiter zum Zuckerbäcker. Gerade werden frische Hefekringel in heißem Öl ausgebacken. Elegant fädelt er drei von den köstlichen Kringeln auf eine Schnur. Solchermaßen beladen gehe ich direkt nach Haus. Während ich die Tür aufschließe schaue ich nach rechts und links. Diesmal vermisse ich den besorgten Herren, an der Wand lehnend, mit der

Frage:" alles in Ordnung Madame?" Heute hätte ich mal eine Frage – was ist mit dem Tsunami? Entweder hat das Auge des Allmächtigen heute seinen freien Tag oder er ist anderweitig beschäftigt. Was mich natürlich ziemlich Beunruhigt. Sollte doch etwas daran sein an diesem Gerücht? Später spreche ich mit Dominique darüber. Sie las es bereits im Internet. „Wir hier in Marrakesch sind sicher. Allerdings für die Küstenbewohner wäre es eine Katastrophe. Nach einer unruhigen Nacht gehe ich rasch zur Telefonboutique vor unserem Derb. Auch hier wieder einige Nachbarn mit der Frage: „Bist du informiert bezüglich Tsunami?" „Ja. Ich hörte gestern in Casablanca davon."
Deswegen rufe ich jetzt meine Familie in Deutschland an. Vor allen meine Mutter, sie kann sich die Entfernung Casablanca- Marrakesch, nicht wirklich vorstellen. Nach mehrmaligem Läuten meldet sich meine Mutter endlich. Sehr eindringlich, klar und deutlich erkläre ich ihr: „Mutti hör mir jetzt mal gut zu, falls du

irgendetwas im Fernsehen oder sonst irgendwo her hörst - ich bin in Sicherheit!" Ich bin im Landesinneren weit entfernt von der Küste!" „Ja, ja ist in Ordnung ich weiß Bescheid!"
„Gut dann bleib gesund und munter ich melde mich wieder!" „Danke für deinen Anruf und bleib gesund!" Erleichtert schlendere ich zum Djemaa el Fna. Mich gelüstet nach einem frisch gepressten Orangensaft. Wer weiß was noch auf uns zukommt. Morgen früh wissen wir mehr, falls diese Flutwelle tatsächlich Nordafrika überschwemmt. Dieser angebliche Tsunami wurde für den 24. Mai 2006 vorausgesagt - also morgen.

**Courage, Courage**

Ziemlich nervös verbringe ich den Tag, kann mich nicht konzentrieren, versuche ruhig zu bleiben. Abends sitzen wir im Freundeskreis zusammen - diskutieren über das Tsunami Gerücht.
Gerücht oder Tatsache - sicher ist sich niemand mehr. Verschlafen kriecht die Sonne hinter dem im

morgendlichen Dunst liegenden Atlasgebirge hervor. Muezzin Gesänge wehen zu mir herüber. Aufmerksam schaue ich von unserer Dachterrasse über die Dächer von Marrakesch.

Alles ruhig – kein Tsunami in Sicht.

Die Moschee la Koutoubia leuchtet in der Morgensonne freundlich zu mir herüber. In einigen Stunden werden die Internetboutiquen geöffnet sein, kann es kaum erwarten, die neusten Nachrichten zu erfahren. Dort lese ich auf der ersten Seite:

Humeur: Le tsunami de la rumeur «Tsunami-Gerücht»

Einige junge Leute hatten sich per Internet über die Möglichkeit eines herabstürzenden Kometen ausgetauscht. Falls dieser Komet ins Meer stürzen würde, gäbe es eine riesige Flutwelle die Nordafrika überschwemmt. Das Tsunami-Gerücht nahm seinen Lauf. Erleichterung allerseits.

Stoische Esel ziehen klapprige Karren. Alte Männer beim traditionellen Minztee. Der Sing Sang des Muezzins aus der gegenüber liegenden

Moschee Bab Doukkala. Das Leben geht weiter. Hurra wir leben noch. Die Tage der Anspannung – Schnee von gestern. Spontan beschließen wir den guten Ausgang dieses Gerüchtes zu feiern. Gern möchte ich ein neues Lokal in Gueliz kennen lernen. Schon sind wir mit dem Taxi unterwegs. Youssef erzählte mir vor einiger Zeit davon. Orient und Avantgarde prallen hier heftig aufeinander. Androgyne Kellner eilen flink hin und her. Nach einem kurzen, unbehaglichen Moment, verlassen wir eilig das Lokal. Diese Postmodernen Traumwelten entlocken uns ein Frösteln. Langsam schlendern wir die Avenue Mohammed V hinunter. Plötzlich vernehme ich meinen Namen „Marion" schaue mich um – Dominique mit Gefolge im Jeep auf dem Weg ins berüchtigte „Pascha." „Kommt ihr mit?" Kurzer Blickwechsel zu Youssef hinüber. „Ja einverstanden." Nach unserer Rückkehr, im Morgengrauen, erscheint mir der Turm der Moschee la Koutoubia als schiefer Turm von Pisa.

**Courage, Courage**

Taub von vielen Dezibel und etwas wackelig von zu viel Alkohol schleppe ich mich in die Küche. Dort hockt bereits Jenny, die erst gestern aus Frankreich zurückkehrte.
Sie berichtet von der Aufregung sogar bis Bordeaux. Zum Glück war es nur ein Gerücht. Sie würde etwas später zum Cyper Park hinüber gehen. Ich werde sie begleiten. Möchte Freunde und Verwandte per E-Mail über den guten Ausgang der angesagten Katastrophe informieren. Gemütlich gehen wir bis zum Centre Artisanal, schauen der dortigen Handwerker Gilde über die Schulter. Sehen wie traditionelle aber auch sehr westlich orientierte Lederwaren hergestellt werden.
Natürlich begleitet uns Mini Rambo. Wird von allen bestaunt und betätschelt. Bevor wir es verhindern können bricht das Chaos aus. Ein junger Mann sagte laut: „Der ist kleiner als meine Katze."
Schon hängt Mini Rambo an seinem Hosenbein. Mit Gewalt zerren wir das echauffierte Hündchen hinaus auf den Vorhof. Nur sehr langsam beruhigt

er sich. Während wir die breite Avenue Mohammed V in Richtung Cyper Park überqueren, dreht Mini Rambo blitzartig an der langen Leine um. Jenny steht bereits auf der anderen Seite der Avenue, die Hundeleine spannt sich über die Straße. Ein im Kamikazetempo ankommendes Moped verfängt sich in der Leine. Der Fahrer stürzt seitwärts auf die Straße. Jenny rennt zu ihrem Hund, ich laufe zu dem auf der Avenue liegenden Mann. Sein Kaftan hatte sich in den Speichen verfangen, einige Päckchen mit Kräutern, liegen verstreut auf der Straße.

Blitzschnell rafft er seinen etwas lädierten Kaftan, verstaut die umher liegenden Tütchen und braust in Windeseile davon. Erstaunt schaue ich ihm nach. Er nahm nicht einmal meine angebotene Hilfe an? Sehr merkwürdig. Zum Glück herrschte wenig Verkehr. Es ist Mittagszeit.

Langsam gehe ich zu Jenny auf die andere Straßenseite, dabei erblicke ich ein kleines Päckchen, in der Gosse liegend. Nehme es an mich und verstaue es in meinem Rucksack. Mir ist die

Lust auf Cyper Park vergangen – ich möchte nach Hause. Jenny ergeht es ebenso. Auf unserem Rückweg betrachte ich das Päckchen eingehend. Vielleicht ist es Tee? Jenny schaut, macht kugelrunde Augen, fragt mich ob ich nicht wüsste was das ist? „Nein woher denn?" Das sei Haschisch! „Bist du verrückt!" „Nein ich bin mir sicher, es ist Haschisch." Sie sei ausgebildete Krankenschwester und kenne sich mit Drogen aus. Mon Dieu – ein wild gewordener Yorkshire bringt Drogenhändler zu Fall! „Was mache ich jetzt damit?" „Lass es verschwinden– bring es nicht mit ins Haus. Das könnte uns Schwierigkeiten bereiten. „ Das auch noch – findest etwas auf der Straße schon stehst du mit einem Bein im Knast. Was mache ich jetzt damit?
Wieder auf die Straße werfen? Wer weiß wem es in die Hände fällt – womöglich Aidas Ehemann.
Vor unserem Derb gehen wir getrennte Wege.
Jenny kehrt ins Haus zurück, ich strebe in Richtung Souk Bab Doukkala. Gemächlich schlendere ich durch die ruhigen, staubigen von der Mittagshitze

erwärmten Gassen. Nähere mich dem mittelalterlichen Stand des überirdisch charmanten älteren Monsieur. Dösend ruht er auf einem Kartoffelsack. Sofort eilt er herbei als ich mich seinem Stand nähere. Kaufe Tomaten und eine Melone. Während er die Tomaten aus der hinteren Kiste in eine Tüte packt, deponiere ich das gefundene Päckchen diskret neben seiner Waage, beschwere es mit einer Kartoffel. Zum Abschied schenkt er mir noch einige winzig kleine Zwiebeln. Liebenswürdig mit blitzenden Augen verabschiedet er mich. Erleichtert kehre ich zurück ins Maison Bleue. Jenny erwartet mich bereits.
„Und? Bist du es losgeworden?"
„Ja." Ich habe es meinem Gemüsehändler als Dünger für seine Tomaten überlassen. „Wie?" Während er meine Tomaten in eine Tüte packte - legte ich das gefundene Päckchen diskret neben seine Waage. „Er bemerkte es nicht?"
Das weiß nur der Großmächtige mit seinen wachsamen Augen.

**Courage, Courage**

Tsunami, Yorshire im Blutrausch, Drogen und Sex. Wie erkläre ich das meiner Familie in Deutschland? Am besten gar nicht. Die vergangenen Wochen Achterbahn im Turbo - Tempo durchlaufend. Meine Batterien müssen aufgeladen werden. Ich beschließe mich im Spa des noblen Hotels Hivernage verwöhnen zu lassen. Rosenblüten treiben in plätschernden Marmorbrunnen. Aromatische Düfte empfangen mich. Wohlige Wärme, entspannende Massage, leise Musik in der Luft. Prinzessinnen gleich genieße ich den Badeluxus um mich herum. Dabei schweben meine Gedanken frei im Raum. Denke mit Freude an die nächsten Tage. Mein Einzug in den kleinen Riad, diesem ehemaligem Großbürgerhaus in der Medina, steht unmittelbar bevor. Natürlich erwartet mich eine große Aufgabe, der ich allerdings gelassen entgegen sehe, die Erfahrungen der vergangenen Monate werden mich erfolgreich begleiten und unterstützen.

## Patience, Patience


Beseelt gehe ich in die Bar. Überraschung, Youssef erwartet mich bereits, gemeinsam mit seinem Freund Jean Claude, der hier als Barmann angestellt ist. Er war damals mit ihm in Gueliz unterwegs eine Musik CD zu erwerben.
Freudig machen wir uns miteinander bekannt natürlich möchte Jean Claude Näheres erfahren.
Fragen über Fragen, Lachen, Weinen die ganze Leichtigkeit des Seins.
Himmel und Hölle der vergangenen Monate.
Marrakesch mit seinen 1001 Geschichten.
Diskret öffnet Jean Claude seinen verschlossenen Weinschrank. Öffnet einen seiner besten Rotweine.
„Das müssen wir feiern."

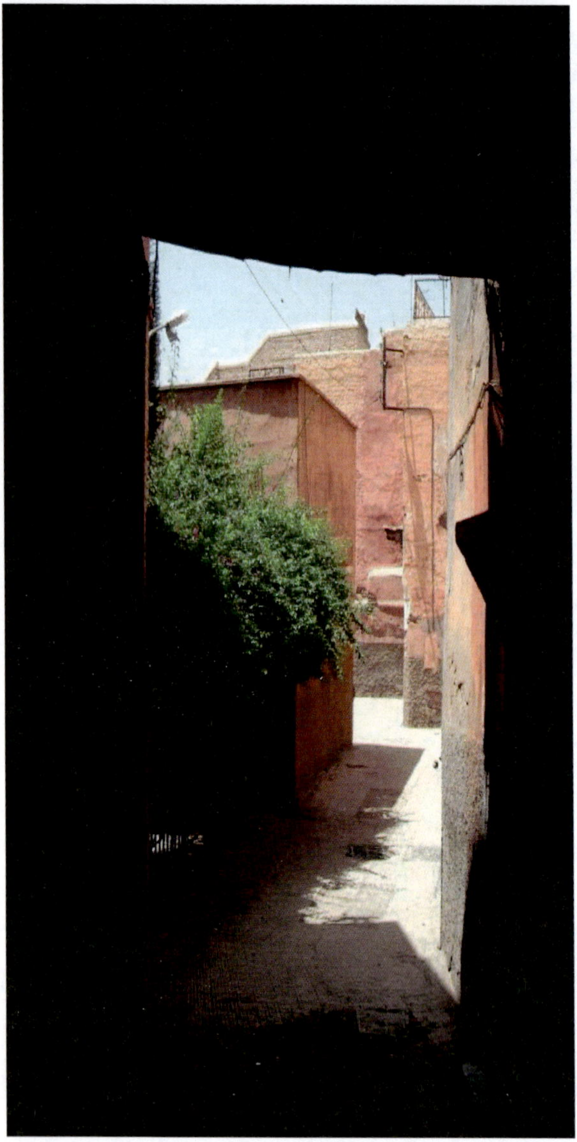

Nach der zweiten Flasche, verschwindet Youssef, in das mit Blumen geschmückte Foyer. Entnimmt jeder Vase eine dunkelrote Rose und kehrt mit einem Strauß zu mir zurück. Mit einer theatralischen Verbeugung – überreicht er mir den Rosenstrauß mit den Worten: Je t'aime Marion. Der Barmann bricht in Tränen aus, die Kellner klatschen Beifall. Während Jean Claude sich verschämt die Tränen trocknet, verabschieden wir uns herzlich. Die Kellner winken uns fröhlich hinterher, die Empfangsdame schenkt uns ihr bezauberndes Lächeln während wir Hand in Hand in die warme, samtweiche Nacht hinaus schreiten. Nicht wissend was uns die nächste Zeit bringen wird. Himmel oder Hölle ich hoffe auf jeden Fall heiter.

Liebe Christiane Morgan,

danke dass du mich dazu ermutigtest, diese Story auf zu schreiben.

Christina Bergmeier, für die eindrucksvollen Fotografien.

Herta, danke für das Foto im Fahrzeug.

Ingrid Spiecker für deinen engagierten Einsatz rund um dieses Buch.

Silvi, danke für deine Geduld und Unterstützung im technischen Bereich.


Mit meinem freundlichsten Gesicht stehe ich hier und Zitiere: ***„ein freundliches Gesicht, ist mehr als Kisten voller Gold"***